Minstagram
ga
JN038123
いいね！
＃塩対応の佐藤さんが俺にだけ甘い８
＃著／猿渡かざみ　＃イラスト／Aちき

恋のサクラバ・フロート。
冗談みたいなネーミングのソレは、クリームソーダである。
カップルドリンクである。
そう、カップルドリンク、知ってるか？
実物を見たことはないけど知識として知ってるってヤツは、割りと多いと思うぜ。
ほら、一杯のドリンクに二本のストローをさして、
それを絵に描いたようなバカップルが顔突き合わせてちうちうやるアレ。
二本のストローが交差して、
真ん中でハートの形になってたりするのもあるよな。
ピンときたか？　そう、アレだよアレ、あのバカみたいなアレ。

アレのせいで俺は、
人生最大の窮地に立たされている。

「ま、円花、もう少しこっち側に寄ってくれ……！」
「ふ……ふっざけんな！これ以上近づいたら、ほ、ほっぺた当たっちまうだろうが！」
三園　蓮

「――蓮君と円花ちゃん、
付き合ってるんです」
佐藤こはる

!?
押尾颯太

「……あれ？」
不意に、窓の外を流れる光の粒が、
ぼんやり滲んでいるのに気が付いた。
なんだろう？
目をこすってみて、
そこで初めて自分が泣いていることに気付いた。
一度気が付くと、それはあれよあれよという間に、
とめどなく溢れてくる。
なんでだろう、なんでこんなにも悲しいのだろう。
いつか解消される偽りの恋人関係が、
ただ予定通りに終わっただけの話なのに。
アタシは何に対して泣いている？
どうしてこんなにも胸を締め付けられている？
分からない、何も、ただ悲しい。

……ああ、
車両にアタシしかいなくて、
本当によかった。
早く、眠りたい。

contents

甘い
猿渡かざみ
Kazami Sawatari
イラスト／Aちき
Aiiki
aiou no
an ga
dake
8

押尾　颯太
【おしお　そうた】
高校二年生。実家である「cafe tutuji」の店員。佐藤さんの彼氏。

佐藤　こはる
【さとう　こはる】
高校二年生。通称"塩対応の佐藤さん"。押尾君の彼女で、塩対応軟化気味。

三園　蓮
【みその　れん】
高校二年生。颯太の親友。勢いで押尾君たちに村崎円花との交際を宣言した。

村崎　円花
【むらさき　まどか】
桜庭から車で30分の緑川在住。緑川高校の二年生で、佐藤さんの親友。

丸山　葵
【まるやま　あおい】
高校二年生。佐藤さんのクラスメイトで、演劇部所属。通称わさび。

樋端　温海
【ひばた　あつみ】
高校二年生。佐藤さんのクラスメイトで、演劇部所属。通称ひばっち。

五十嵐　澪
【いがらし　みお】
高校二年生。佐藤さんのクラスメイトで演劇部部長。通称みおみお。

三園　雫
【みその　しずく】
蓮の姉。古着屋「MOON」の店員。酒癖は悪い。

姫茴　薫
【ひめうい　かおる】
高校二年生。有名現役女子高生ミンスタグラマー。押しがとても強い。

垂水　桂子
【たるみ　かつらこ】
緑川高校・二年生。円花のクラスメイトで、茶色の巻き毛と丸っこい体型がチャームポイント。あだ名は「タルちゃん」。いつも甘い匂いがする。

双須　勝隆
【そうず　かつたか】
緑川高校・二年生。野球部のキャプテンで、小柄だがいつも元気な猪突猛進型の男。桂子の「推し」。

characters

プロローグ　恋のサクラバ・フロート

♧

恋のサクラバ・フロート。

冗談みたいなネーミングのソレは、クリームソーダである。カップルドリンクである。

そう、カップルドリンク、知ってるか？

実物を見たことはないけど知識として知ってるってヤツは、割りと多いと思うぜ。

ほら、一杯のドリンクに二本のストローをさして、それを絵に描いたようなバカップルが顔突き合わせてちうちうやるアレ。

二本のストローが交差して、真ん中でハートの形になってたりするのもあるよな。

ピンときたか？　そう、アレだよアレ、あのバカみたいなアレ。


——アレのせいで俺は、人生最大の窮地《きゅうち》に立たされている。

「はーい、もう少し寄ってもらって、自然な笑顔でおねがいしまーす！」

やたら押しつけがましい笑顔の女店員がそう言って、シャッターを切る。

パシャ、ジー――、カチッ。

おもちゃみたいなインスタントカメラから真っ黒なフィルムが吐き出される。それを店員が指でつまんでピラピラやる。イマイチ納得いっていない風だ。

どうやらこのイカれた撮影会はまだ終わらないらしい。

「二、い、い人とももっと笑顔だよー！　スマイル！」

見るに見かねて、佐藤《さとう》さんは自らの口角をにぃーっとあげてみせた。「これがお手本だよ！」と言わんばかりに！

「ぐっ……!?」

まさか佐藤さんから「自然な笑顔」の指導を受ける日がくるなんて！

くそっ、どうして……！

どうして俺たちが、こんな目に――

「（ま、円花《まどか》、もう少しこっち側に寄ってくれ……！）」

俺は……我ながら器用に、カメラ目線で、ストローを咥《くわ》えたまま声を押し殺し言う。

すると彼女は――幼馴染《おさななじみ》の村崎《むらさき》円花は――同様に、同じドリンクから伸びた、い、い、い、ストローを咥えたまま、カメラ目線で答える。

「（ふ……ふっざけんな！　これ以上近づいたら、ほ、ほっぺた当たっちまうだろうが！）」

「（お前、高校生にもなってほっぺたって……痛った!?）」

ただでさえ不自然なスマイルがさらにこわばる。

円花《まどか》のヤツ！　笑顔で俺の足踏み抜きやがった!!

「（なにすんだよっ!?）」

「（元はと言えばレンがストライクなんかとったせいだろっ!?）」

「（俺のせいかよ!?　勝ちたかったんだよ！　俺だって!!）」

……きっと皆、夢にも思わないだろう。

公衆の面前で、カップルドリンクを挟み、笑顔で記念撮影に応じるこの絵に描いたようなバカップルが、至近距離では腹話術じみた舌戦を繰り広げているだなんて。

「二人ともお顔怖くなってきてますよ～？　はい笑って笑ってー」

ニコリ……すかさずぎこちない笑みを作る俺と円花。

パシャ、ジーー、カチッ。

店員はピラピラやりながら、困ったように苦笑して、佐藤《さとう》さんと顔を見合わせている。

「うーん……まだちょっと笑顔が堅いですね」

「そうですよねえ、恥ずかしがり屋さんなんです、あの二人」

誰が恥ずかしがり屋さんだ！　謎《なぞ》に意気投合しやがって！

……というかまだ撮る気かよ!?

「っ！」

こちらを見る颯太《そうた》に、アイコンタクトで助けを求める。

しかし……

「え、ええと、こはるさん？　あんまり無理強いはよくない……かな……」

あいつときたらどうしていいか分からず、後ろの方でアワアワするばかりだ！

ここぞという時に頼りにならない！　さっきの男気はどこいった⁉

ダメだ！　やっぱりここは俺と円花だけで乗り切るしかない！

「(円花！　このままじゃいつまで経《た》っても終わらねえぞ⁉　いいからもっとくっつけ！)」

「(んなこと言われたって恥ずかしいだろうが⁉)」

「(恥ずかしいと思うから恥ずかしいんだよ！)」

「(恥ずかしいものは恥ずかしいだろ！　とにかく嫌だ！　こんな人前でレンとくっついて、しかも写真まで撮られるなんて――)」

「すみませーん、もっと寄ってもらえますか～？」

――ああクソっ！

俺は半ばやけくそ気味に円花の肩へ手を回して、こちらに引き寄せる。

その際、気の強い円花が「きゃっ」なんていかにも女の子な悲鳴をあげたこととか、
上着越しに抱いた肩が思っていたよりもずっと細くて、温かかったこととか、

そういうノイズには一切目を瞑《つむ》って——

ほっぺたを、くっつけた。


「いいから早く撮ってくれっ……！　ほ、ほっぺたが柔らかくて……！

店員と佐藤《さとう》さんが揃《そろ》って歓声をあげる。

「おぉ〜〜〜っ！」」

「いいですねー！　はい笑って笑ってー！」

「蓮君《れん》かなりいい感じ！　円花《まどか》ちゃんもいいよー！　こっちにも目線ちょうだい！」

何故《なぜ》か佐藤さんまで加わり、立て続けにシャッター音が鳴り響く。

そしてシャッター音に混じって、眼下から「ボゴボゴボゴっ！」と音がした。

それは恋のサクラバ・フロートが激しく泡立つ音……

もしくは円花の中のマグマが沸騰する音と言い換えてもいいだろう。

「〜〜!?　っ!?　ッッ!?」

「(耐えろ……！　耐えろよ円花……！)」

俺は円花の肩を更に強く抱く。

……いや、抱くなんてロマンチックなものじゃない。

どちらかといえば暴れ出さないよう押さえつけるという表現が近い。

俺は幼馴染《おさななじみ》だから知っている。円花はこんな見た目をしているせいで誤解されがちだが、誰よりもこういうのを恥ずかしがるタチだ。

「いいね～！　円花ちゃんいい表情してるよ～！」

バシャバシャバシャ。

シャッターが切られるたびに円花の全身が震える、震えがテーブルへ伝播《でんぱ》する。

俺は円花の肩を抱いたまま、肘《ひじ》でテーブルの震えを押さえつける。

抱いた肩が、触れ合った真っ赤な頬《ほお》が、焼けるような熱を持ち始めていた。

しかしそんなことは露知らず、店員が呑気《のんき》に言う。

「実はウチで恋のサクラバ・フロートを一緒に飲んだカップルは末永く幸せでいられるっていう逸話があるんですよ！　先日もとあるカップルが結婚報告にきてくれまして……」

「へ～！　素敵！　よかったね円花ちゃん！」

「(んんんん――――っ!?)」

「(た、耐えろ円花～……っ！　ここで暴れたら全部パアだぞ……！)」

「～～～っ!!」

そう、ここで円花が暴れ出してしまったら今までの努力が全て水の泡になる。

決して、決してバレるわけにはいかない。

俺の平穏な日常のためにも、そして未来のためにも、

決して、決して――

「カノジョさんもカレシさんもいい笑顔ですよー！」

「蓮君《れんくん》と円花《まどか》ちゃんって、ホントーにお似合いのカップルだね！」

――俺と円花が本当は付き合ってなんかいないと、佐藤《さとう》さんにバレるわけにはいかない！

さて、事の発端は約一か月前、去年のクリスマス・イブにまで遡《さかのぼ》る。

一枚目 クリスマス

イナカなんて住むもんじゃない、特に海沿いはサイアクだ。

コンビニもねえ、ゲーセンもねえ。

服一着買うにも桜庭《さくらば》まで30分も車を走らせないとだし、潮風のせいで髪も傷む。

おまけにシーズンオフともなれば町中には人っ子一人いやしない。まあアホみたいな海水浴客が騒いでいないぶん多少はマシだと言えるけれど。

とにかくアタシはこの緑川《みどりかわ》って場所が――大っ嫌いだった。


二学期最後の授業を終えたのち。

白い息の尾を引きながら、凍《い》てつくような廊下をひとり歩いていると……

ぽこん、とＭＩＮＥ《マイン》の通知音が鳴った。

「……ん」

コハルからだ。

どうやら今日はデートだったらしい、ソータとのツーショットが送られてきている。

後ろに映ってるのは……水族館に行ってんだ……水槽？

「へえ……あの二人、水族館に行ってんだ……」

懐かしいなー、マリンピア・ウミノ。

アタシも桜庭《さくらば》にいた頃、一度だけ行ったことがあったっけ。

にしてもなんで……

……ああ、そうか、今日はクリスマス・イブか。

あまりにもイベントごとと無縁の生活を送っているから、恋人同士はイブにデートをするなんていう常識をすっかり忘れてしまっていた。

ぽこん、また通知が鳴る。

今度は指で自分の頰《ほお》を「むぎゅっ」とやるコハルの自撮りだ。

訝《いぶか》しんでいると、遅れて「エイのモノマネ」とメッセージがきたので、アタシは思わず吹き出してしまった。

ははっ、なんだよエイのモノマネって、くだらねー。

ぽこん、またメッセージ。

〝すっごくいいところだったから円花《まどか》ちゃんも蓮《れん》君と行ってみて！〟

「……レンと、ねえ……」

「——なーにやってんのっ」

「うわぁっ!?」

すぐ隣からいきなり声がして、思わず飛び上がってしまった。

一体いつからそこにいたのだろう、アタシの隣に一人の女子が立っている。

「うわって……ひどいなあ村崎《むらさき》さん」

「な、なんだカツラコか……」

同じクラスの——そもそも緑川高校《カワコー》には各学年一つずつしかクラスはないが——垂水《たるみ》桂子《かつらこ》。

茶色がかった内巻きの髪の毛と丸っこい体型がチャームポイント、皆からは「タルちゃん」のあだ名で親しまれている。アタシの数少ない友人の一人だ。

いつも全身から飴《あめ》みたいに甘ったるい匂《にお》いが漂っているので、その身体《からだ》は砂糖菓子でできていると思われる。

そんな妖精《ようせい》、もといカツラコは、おもむろに頭の上に指を立てて角みたくすると……。

「ぴぴぴーっ、ぴぴぴーっ」

と奇妙な音を（もちろん口で）発し始めた。

「なんだよ急に……」

「恋する乙女センサーに反応アリ、私に隠し事はナシだよ村崎さんっ」

どきり、と心臓が跳ねた。

「こ、恋って⁉　アタシは別にそんな……！」

「素直に白状した方が身のためですぞっ！　村崎《むらさき》さんは誰推しなのさっ！」

「……推し？」

「決まってるでしょ！　野球部だと誰が推しかって話だよっ！」

カツラコが窓の外を指す。

窓の外では……この豪雪にも拘《かか》わらず、野球部の連中がスコップ片手にグラウンドに集まって、どういうわけか一心不乱に雪を掘り返していた。

どうやらアレを見ていたと勘違いされたらしい。

「あ、ああー、そういう……」

「私はね！　断っ然、双須《そうず》君推し！」

「はあ、双須ねえ」

野球部キャプテン・双須勝隆《かつたか》。

ひときわバカデカい声をあげてえっちらおっちら雪を掘り返している、あの小型犬みたいな男のことだ。

他の部員たちに「死ぬ気で探せーっ！　また部費削られるぞーっ！」と叫んでいるのがここまで聞こえてくる。

……てかマジで何やってんだあいつら。

「双須《そうず》君ってさぁ、なんていうの？　見るからに純粋って感じでさっ！　きっと恋愛も一直線だと思うなぁ！　少し子どもっぽいところはあるけど、そこが可愛《かわい》いっていうか!?　逆にリードしたくなるっていうかさっ、尖《とが》った八重歯もキュートだよねっ！」

「……お前ホントーにアイツのこと好きだよな」

「やだっ村崎《むらさき》さんそんな！　恥ずかしいよっ！」

キャー、なんて言いながらばしばしと背中を叩《たた》いてくるカツラコ。

……見ての通り彼女は重度の恋愛脳だ。

東に恋する乙女あれば、行って相談に乗り、
西に悩める乙女あれば、行って背中を押してやり、
また南に争う男女あれば「好きなんじゃない？」「素直になれないだけだって」「告っちゃいなよ」などと吹き込んで、本当にカップルを成立させたりする。

恋に恋する緑川《みどりかわ》のキューピッド、それがアタシの知る垂水《たるみ》桂子《かつらこ》だ。

キューピッドとしての宿命か、当の本人には未《いま》だ一度も恋人ができたことはないが……。

ともかく、

「興味ねーなー」

「えーっ!?」

正面玄関に向かって歩きだすアタシに、不満そうなカツラコが続く。

「なんでーっ？　野球部は嫌い？　じゃあサッカー部？　それとも……バスケ部っ⁉」

「そーいうの関係ない」

「えーーと、じゃーあ……」

「何度も言うけどウチの学校に気になってる男子なんていないぞ、一人も」

「その言い方だと他校の人っ⁉」

〝すっごくいいところだったから円花《まどか》ちゃんも蓮君《れん》と行ってみて！〟

一瞬、さっきのコハルからのメッセージがちらつく。

「……いや」

「なんか今ちょっと間があった！　怪しいっ！」

……コハルといいカツラコといい、なんでこういう時ばっかり妙に察しがいいんだ。

「なんでもねーよ、とにかく気になってるやつなんかいない」

「えーー、もったいなーい、村崎さんカッコいいからモテそうなのに……」

「アタシ恋愛とかそーゆーの興味ないし」

「今日イブなのに⁉」

「関係ないだろ」

「うーーっ、楽しいんだよっ⁉　恋愛ってさ⁉　いやむしろ恋愛より楽しいことなんて他にないんだよっ!?」

「カツラコ誰かと付き合ったことないじゃん」

「毎日恋はしてるからっ！　はあ、私もいい加減双須《そうず》君に告白しちゃおうかなー……でもでも乙女的には告白されたいっ、そんなジレンマ村崎《むらさき》さんはどう思うかなっ？」

「馬鹿《ばか》なこと言ってないで雪ひどくなる前に帰るぞ」

「えーコイバナにも乗ってくれないのーっ、村崎さん冷たいなーっ、まるで冬の日本海」

本当にコイツ、春夏秋冬楽しそうだな。

こんな何もないイナカを本気で楽しめるのはある意味才能だろう、少しだけ羨《うらや》ましい。

そんなことを考えながら、下駄箱《げたばこ》を開けると……

「ん？」

「あれっ」

アタシの下駄箱からはらりと何か落ちた。

「……なんだこれ？」

ぱっと見、折りたたんだノートの切れ端に見えるけど……。

「イタズラ？」

「さあ……」

……これは後からだから言えることだけど、アタシはソレをカツラコの見ている前で開くべきではなかった。

でも、仕方ないだろう？

ともすればゴミとすら見間違うソレの正体を、いったい誰が予想できる？

「はっ……？」

それがラブレターだなんて、

「えっ？」

しかも重ねて最悪。

差出人の欄にはきったない字で「双須勝隆《かつたか》」と記されていた。


……さて、ここからの話はアタシもあの事件の後、人伝《ひとづて》に聞いたものである。

これはちょうどアタシとカツラコが、あのふざけたラブレターを発見したのとほぼ同時刻のことだ。

「キャプテン！」

しんしんと降り積もる雪の中、キャプテン・双須勝隆に駆け寄る部員の姿があった。

「どうした荒井《あらい》？　もしかしてボール見つかったか!?」

「いやっ、それが……！　なんか変なもの掘り当てちゃって……とりあえず見て！」

「変なもの？」

「これだよ！」

野球部二年・荒井《あらい》が掘り当てたものは……一升瓶を一回り大きくしたような鉄の塊だった。ガスボンベにも似ているような気がするが、いかんせんひどい赤錆《あかさび》が全体を覆っており、イマイチ分からない。もはや錆そのものと言ってよかった。

「ごめん！　ボール探してたらなにか硬いものがスコップに当たったから、とりあえず土の中から掘り返してみたんだけど……！」

「これは……」

キャプテン双須《そうず》はまず深刻な顔でこの鉄の塊をノックしてみた。金属質な音が返ってくる。もちろんそんなことをしたって分かるはずはないんだけど……双須は心当たりがあるらしい。

「……おそらくはタイムカプセル！」

「タイムカプセル!?」

「ほら！　クラスの皆が卒業前に大事なものをしまって、何年か経《た》ったらまた集まって掘り返そうねっていう、アレ！」

「「「あぁ～っ！」」」

キャプテン双須の見事な推理に、野球部の面々は感嘆の声を漏らす。

一方でこれを掘り返した本人である荒井は青ざめた。

「どっ、どうしようカッちゃん!?　俺誰かの思い出勝手に暴いちゃった!?」

「あっコラ！　部活中はキャプテンって呼べって……！　いや、まあやっちゃったもんはしようがないし……とりあえずどこか目立たないところに置いて、冬休み明け先生に謝ろう」

「押忍《おす》……」

「そんな落ち込むなよ、手伝ってやるから……重いなこれ」

「きっとそれだけの思い出が詰まってんすよ……」

「落ち込むなよ荒井〜〜〜」

やけに重たいタイムカプセルを、双須と荒井が二人がかりで持ち運ぶ。

どうやらひとまずは校舎の壁に立てかけておくことにしたらしい。

「これでよし……と、じゃあ皆ボール探し再開！　見つけるまで帰れないぞ！」

「……今日のキャプテンいつにもまして気合入ってるなー」

「なんか七時から大事な約束があるんだって」

「へえ〜、なんだろ、今日なんか面白いテレビやってたっけ」

「こらそこ！　お喋《しゃべ》りするな！」

「「押忍!!」」

そして不毛な雪中ボール探し大会を再開する緑川《みどりかわ》高校野球部の面々……。

以上、ここまでがアタシの聞いた話だ。

ところで荒井の掘り当てたものがタイムカプセルでなかったと判明するのは、もう少し後のことになる。

——そしてここからは再びアタシの話に戻る。

あの後、ラブレター（そう呼ぶのも癪《しゃく》だけど）の指示に従い、時間まで待ってから正面玄関を出ると、刺すような寒さに身が震えた。

あたりはしんと静まり返って、灰色の雪景色がどこまでも広がっている。

時刻は夜の七時を回った。

二学期最終日、こんな時間まで学校に残っているのはきっとアタシぐらいだろう。

……訂正。

アタシと、そこのバカぐらいだ。

「お！　時間ぴったりじゃん円花《まどか》！」

こんな辺鄙《へんぴ》な田舎の、山のてっぺんにある全校生徒百人にも満たない高校、その体育館裏という寂しさの極致みたいな場所で、アイツは鼻を啜《すす》りながら待っていた。

その手には、雪まみれの野球ボールが握られている。きっとアタシがくるまでそれで遊んでいたのだろう。

——双須勝隆《そうずかつたか》、このラブレターの差出人だ。

彼はカツラコが言うところの「チャームポイント」である八重歯を剝《む》き出《だ》しにして、にかっと笑う。

　本当に犬みたいなやつだな。

　対してアタシは滲《にじ》み出る不機嫌を隠そうともせず、白い溜息《ためいき》を吐き出した。

「なあ円花、オレ――！」

「待った！　……アタシから先に言いたいことがある」

「？」

　双須はまるでお預けを食らった子犬みたく首を傾《かし》げて……一体何を勘違いしたのか、突如顔面を真っ赤にした。

「い……いやいやいやっ！　こういうのって普通男の方からするもんでしょ!?　てゆーかもしかしてアレ!?　オレたちって両想い――」

「なに勘違いしてるのか知らねーけど、アタシのは文句だな」

「？」

　再び子犬みたいに首を傾げる双須、頭が痛くなる。

「まず、このラブレターはなんだ」

「それね！　初めてにしてはうまく書けてるでしょ!?」

　二つ折りにしたノートの切れ端をラブレターと呼ぶ、その感性はさておき。

「ラブレターに『ラブレター』って書くバカがどこにいんだよ」

これさえなければカツラコだってギリ気付かなかったかもしれないのに。

どーしてくれんだよ、カツラコのやつ、こんなバカみたいなラブレターを見るなり泣きながら走り去っちゃったんだぞ、新学期からどんな顔して会えばいいんだ。

それでも双須《そうず》は、やっぱり子犬みたいに目を丸くして……

「……入部届とかには入部届って書くよね？」

「お前の中で入部届とラブレターは同じくくりなのかよ……」

カツラコ、これが本当にお前の好きな男なのか？

本当は「なんでこんなクソ寒い日の夜、わざわざ屋外に呼び出すんだ」とか「そもそもアタシ名前呼び捨てにされるほど双須と仲良くないだろ」とか言いたいことは山ほどあるけど……

「もういいや……で？　用事って？」

「村崎円花《むらさきまどか》っ！　好きだ！　オレと付き合ってくれ！」

「嫌だけど」

「なんでっ!?」

「…………………なんで……!?」

あまりにも予想外の返しに固まってしまった。

「ぎゃ、逆になんでいけると思ったんだよ……？」

「そりゃあ……!!　……今日クリスマスイブだし」

「帰るわ」

「まっ、待って待って待ってイヤだ――――っっ!!」

「うわっ!?　ちょっ、オイ！　服引っ張るなっ!?」

「オレは円花が好きなんだーっ!?　顔も性格も！　本当の本当にマジなんだ――っ!!　絶対に幸せにするからさ――っ！」

「こっ……!?　声でけえんだよいい加減離せコラっ！」

コートの背中にしがみついた双須を、無理やり引っぺがす。

双須は勢いよくゴロゴロ転がっていって、「ぎゃっ」と雪の中に顔から突っ込んだ。

「ハァ、ハァ……き、気持ちは嬉《うれ》しいけどよ……」

もちろん、それはただの方便だけど……。

なんせ十七年の人生で、こんなにも素直な好意をぶつけてきたのはコハルに続き二人目だ。

全く感情が動かないかと言われれば、ウソになる。

しかし、それでも、

「今アタシ誰かと恋愛する気分じゃないんだ。今日ここに来たのも直接断るのが筋だと思っただけ」

「えっ……」

……そんな顔するなよ。

申し訳ないけど、こう言うしかないだろ？

「まあ、とりあえずそういうわけだから、双須《そうず》なら他に良い人がいるさ……案外近くに」

用件を伝えた以上、長居は無用だ。

「じゃ、そんなわけで、帰るわ」

アタシはそのままその場を立ち去ろうと……

「……じゃあ、いつなるのさ」

「え？」

……したの、だけれど、

「——じゃあ！　いつになったらそういう気分になるのさ⁉」

「ええっ⁉」

そ、双須のヤツ！　まだ食い下がってくるのか⁉

「一週間後⁉　一か月後⁉　来年再来年⁉　いつになったら恋愛したい気分になるのさ⁉」

「子どもかよ⁉　さっきのは断る時の方便みたいなもんだって普通に考えれば分かるだろ⁉」

「方便？　じゃあ他に気になってるヤツとか好きなヤツがいんの⁉」

「い、いやっ……それは別に……いないけど……」

「じゃあ何⁉　オレってそんな生理的に無理な感じ⁉」

「そ、そういうわけでもねーけど……てか近い近い近いんだよっ！」

普段の双須からは考えられない迫力に圧倒されるだけのアタシだったけど、ここで再び身構えた。

「だったらさぁっ!!」

……だったら？　だったらなんだ？

次に続く言葉は「付き合え」か？

冗談じゃない、そんな勝手なことを言ってこようもんなら、アタシだって――

「――だったらもうちょっと真面目にフッてくれよ！」

しかし双須の口から飛び出してきた台詞《せりふ》は、ある意味アタシの予想とは真逆だった。

それどころか……

「そ、双須……？」

泣いていた。

いつも犬歯を剝《む》き出《だ》しにして笑っている双須の泣き顔を、アタシは初めて見た。

彼の頰《ほお》を伝うソレは、我がままの通らなかった子どもが癇癪《かんしゃく》で流すようなものではない。

本気で誰かに傷つけられた、人間の流す涙だった。

「ラブレターだって、生まれて初めて書いたんだ……」

夜の林に針のような風が吹き抜け、ひゅるるおお、と音を立てる。

その不安を搔《か》き立てる音のせいか、それとも双須の涙のせいか、心臓を締め付けられるような思いがした。

「円花《まどか》からはふざけてるように見えたかもしれない、でもオレ真剣だったんだ……なのに……」

「ら、ラブレターを茶化したのは謝るよ……でもしょうがないだろ？　アタシ、恋愛とかそういうの分かんないんだから……」

「——分からないんじゃなくて、考えないようにしてるだけじゃん！」

「っ!?」

もしかしたら、ただ単にフラれた腹いせに吐いただけの台詞《せりふ》かもしれない。

でも、その言葉は……どうしてだろう。

やけにアタシの胸に深く胸に刺さった。

「真剣に考えてないだけじゃん！　大事なことから逃げてるだけじゃん！　だからそうやってなんでもふにゃふにゃ躱《かわ》して……き、き、気分じゃないって、そんな、そんな……！」

「そ……双須《そうず》？　いったん落ち着……」

「——そんな意味わからん理由でフラれるぐらいなら、最初から告らなきゃよかったわ！」

「あ、おいっ!?」

双須は言いたいことだけ言うと、脱兎《だっと》のごとく走り去る。

野球部キャプテンなだけあって俊足で、双須の後ろ姿はあっという間に見えなくなり……

あとにはただ灰色の世界と、静寂と、自分だけが取り残された。

「な……なんだったんだよ……？」

狐《きつね》につままれる、とはこういうのを言うんだろうか。

ひゅるるおお、冷たい風が吹き抜ける。あたりはすっかり真っ暗だ。

……とにかく、ひどく疲れていた。

アタシはしばらくその場で立ち尽くしたのち、

「……帰ろう」

誰に言うでもなく独《ひと》り言《ご》ちて、雪を踏みしめながら体育館裏を離れた。

もう、家に帰る時間だ。

ざく、ざく、ざく、雪を踏みしめながらぼんやりと考える。


早く家に帰って、夕飯を作らなくちゃ。

夕飯のあとはシャワーを浴びて、ああ、コハルのMINE《マイン》に返信しないといけない。

それからカツラコの誤解も解かないとだな、アタシと双須はなんにもないって。

それと……そうだ、新しいバイト先も探す。潮《うしお》はこの時期オフシーズンだから……。

それと、それから、あとは……


ひゅるるおお。

切りつける風が、まるで私を責め立てるように鳴く。

忘れようとしていた双須《そうず》の台詞《せりふ》が、耳の中に逆巻く風となって蘇《よみがえ》る。


——分からないんじゃなくて、考えないようにしてるだけじゃん！

——真剣に考えてないだけじゃん！

——大事なことから逃げてるだけじゃん！


「……うるさ」


ひゅるるおお。

風は鳴りやまない。


「…………」

ざく、ざく……ざく。

…………。

……校門を抜けたあたりで、糸が切れたみたいに一歩も動けなくなった。

アタシは白い息を吐いて、街灯の下にしゃがみこむ。

なんだかひどく疲れていた。
「こんなイナカ、大っ嫌いだ……」
イナカは嫌いだ。何もないから。
何もないから、自分の何もなさと向き合わなくちゃいけなくなる。
……さっき双須から「絶対に幸せにする」と言われて、アタシなんて思った？
素直に嬉《うれ》しいと思う一方で「高校生のくせに何を」と、内心鼻で笑っていなかったか？
一生懸命な双須を、彼なりに絞り出した言葉を——侮《あなど》った。
真剣に考えていないくせに……自分には何もないくせに……。
「……アタシ、嫌なヤツだな」
一体、いつからこうなってしまったのだろう。
少なくとも小学校の……桜庭《さくらば》にいた頃のアタシはこうじゃなかった。
年相応にバカだったし、夢があって、恋もしていた。
なんというか世の中の全てに対して、もっと希望を持っていたように思う。
そう、今思えばあの頃は。
桜庭でレンとつるんでいた、あの頃は……。
「……」
気付くと、アタシはスマホを取り出していた。

……自分でもらしくないことをしているのは分かっている。

これも逃避だということは十分に承知している。

それでもアタシは、かじかむ指の動きが止められない。

何やってんだ、バカなことするな。

自分の中からそんな声が聞こえてきたけれど、それらは全部、鋭い風にかき消されて……

――アタシは生まれて初めて、三園蓮《みそのれん》に電話をかけた。

「……」

コール音が鳴る間、アタシの中で様々な思考がめぐる。

アイツが電話に出てほしいという気持ちと、同じぐらい電話に出てほしくない気持ち、自分の面倒くささに対する失望と、そんな女々しさが残っていたことへの驚き。

いろんな感情がごちゃ混ぜになる。胸が苦しいぐらい高鳴って、吐き出す息に熱がこもる。

そして8コール目、我に返って通話を切ろうとした、その時。

……コール音が、止んだ。

『円花《まどか》？』

「……っ」

一瞬、呼吸が止まる。

でもここで口を閉ざしたら、その口はもう二度と開かないような気がして、アタシは無理にでも言葉をひねり出した。

「お……おうレン、なんか、久しぶり」

『久しぶりって……どうした急に？』

「いや、その、特に用とかはないん、だけど……」

『……てか声震えてないか？』

まずい。

意味があるかは分からないが、喉《のど》のあたりにくっと力を込める。

「……さっ、寒いんだよ、外にいるから」

『はあっ？　今日氷点下だぞ？』

「レンこそ……何やってんだよ、家じゃないのか？」

『カラオケだよカラオケ、今日が最後の登校日だったから、サッカー部のみんなでさ』

「そう、なのか……」

レンの答えと今日という日を照らし合わせて、どこかホッとする自分がいる。

しかしそのせいで、当然かけるべき言葉が出てくるまでにワンテンポ遅れてしまった。

「……あっ!?　わ、悪い！　友達と遊んでる時に急に電話なんてかけたりして……！」

『いいよ別に、もう三時間も歌いっぱなしで皆もいい加減にダレてきたし』

レンの息遣いから、壁かなにかに寄りかかったのが分かる。

『それに俺、人前で歌ったりすんの嫌いなんだよ、むしろ抜け出すいい口実になった』

「……え？　レンってむしろ歌うの好きじゃなかったか？」

『はっ？　なんだそりゃ』

「いや歌ってたじゃん、雫《しずく》さんと一緒に、MOONでギター弾きながら……」

『いつの話してんだよ！　それ小学生の頃の話じゃねえか！』

「あはは、仕方ないだろ、アタシの記憶そこで止まってるんだからさ」

『それ言ったら円花《まどか》も……ほら、なんだっけ？　日曜の朝にやってたアニメの歌ばっか歌ってたよな、同じところばっか延々と……あれ聴いてる俺の頭がおかしくなるかと思ったな』

「ばっ……!?　そんな恥ずかしいの忘れろよ！」

『はは……』

思い出す必要すらなくなった遥《はる》か昔の記憶を掘り起こし、互いに見せあう。

そんな作業に夢中になっていると、不思議と寒さの方を忘れた。

恐ろしげな風の音も、打ちのめされたことも、どうしてこんな電話をしているのかも、全部忘れてしまう。

この無意味さが、今のアタシにはなによりの慰めとなった。

「そういえばレンは卒業式の時もさー……」

……叶《かな》うなら、この時間がずっと続けばいいのに。

そんなアタシのわがままを戒めるように、電話の向こうから声がした。

『……あれっ？　蓮《れん》ー？　まだ電話してんのー……？』

遠くて聞き取りづらかったが、それが女子の発したものであるというのはすぐに分かった。

声はゆっくりと近づいてきて、レンがスマホから少し顔を離す。

『おお紬《つむぎ》、ちょっと友達と話が弾んでさ』

『えー、こっちの友達はー？　ふつう遊んでる時にそんな長電話するー？』

『痛った、分かった、分かったって、キリのいいところで戻るから、早くトイレ行けよ』

『早くねー』

弾むような声が再び遠ざかっていく。

声だけでも分かった。電話の向こうの彼女はさぞ可愛《かわい》らしく、愛嬌《あいきょう》があって、都会的な女子なのだろう。

……アタシとは、真反対の。

『あー悪い悪い、話の途中に』

「……今のは？」

『ん？　ああ、サッカー部のマネージャー』

「……そうか」

必要以上にそっけない物言いになっているのが、自分でも分かった。

この時のアタシの内心は……

……いや、言いたくない、だって自覚していたから。

自分から電話をかけて、勝手に盛り上がって、勝手に落ち込んで……まるで子どもだ。

そしてそんな幼稚な部分を、電話の向こうの彼にだけは知られたくなかった。

『で、なんの話だっけ？』

「……忘れた」

『はは、忘れたって』

「今日は時間取って悪かったな、もう戻れよ、友達待たせてるんだろ？」

『え？　いやまあ、そう言われたらそうなんだけど、別に急ぐほどじゃ……』

「──ありがとな、電話出てくれて」

『お、おお……？』

「じゃ」

半ば一方的に会話を打ち切ると、赤らんだ指先を通話終了ボタンへ伸ばす。

……ここが「キリのいいところ」だろう。

もう少し電話を続けていたらきっと、アタシは勢いに任せていらないことを言っていたに違いない。

アタシにはアタシの、レンにはレンの今がある。

そしてその二つが交わることはもうない。

だったらアタシにできるのは、さっさと自分のつまらない日常に戻ることしか……。

『——円花《まどか》、なんかあっただろ』

ぴた……。

通話終了ボタンをタップしかけた指を、すんでのところで止める。

……ホント、気付いてほしくない時ばっかり気が付くんだもんな。

「……分かるんだな、そういうの」

『長い付き合いだから弱ってるのぐらい分かる』

「……」

『なんつーか……話すだけで楽になることってあると思うぜ、俺だって聞くぐらいならできるし……っていうか、そんな遠慮するような仲でもないだろ、幼馴染《おさななじみ》なんだから』

幼馴染なんだから、か……。

あーあ、我慢してたのに。

そんな風に優しくされると、抑えが効かなくなってしまう。

いらないいこと、いらないことを、言ってしまう。

「……ちょっと前にさ、皆で動物園に行っただろ」

『動物園？　三輪《みつわ》アニマルランドのことか？』

そう、確かそんな名前。

二か月ほど前、コハルとソータが二人きりのデートをした場所。

いや、正確には二人きりではなく、これを面白がった雫《しずく》さんと麻世《まよ》さんがアタシとレンを強制的に駆り出し、二人の後を尾《つ》けることとなったのだが……。

……改めて悪趣味すぎる。

『あったなーそんなの……で、それが？』

「あの時レンがさ、コハルにウソを吐《つ》いただろ？」

『……ああ、アレのことか』

レンも思い当たる節があるらしく、少しバツが悪そうな声音になった。

……そう、あれはソータとコハルによる動物園デート終盤のこと。

アタシたちが園内で二人とばったり出くわして、こちらの尾行がバレかけた時——レンは咄嗟《とっさ》に「アタシと付き合っている」というウソを吐いて、その場を凌《しの》いだ。

結局、ソータにはバレてしまったみたいだけど……

「コハルはまだ、あのウソ信じてるらしいんだよ」

『マジか……いやそりゃそうか、ネタバラシしてないもんな』

電話口にレンが溜息《ためいき》を吐く。

……あれからどうにも言い出すタイミングを摑《つか》めないまま、今に至る。

つまりコハルはまだ、アタシとレンが恋人関係だと勘違いしたまま、ということだ。

「あれ、どう思う？」

『どうって……そりゃ、正直に伝えるしかないよな』

「本当は付き合ってませんでした、って？」

『まあ、そうだな……事情があったとはいえウソを吐いたのは俺だし、俺の方から佐藤《さとう》さんに言っておくよ、悪いことしたな、佐藤さんにも円花《まどか》にも』

「……」

よせばいいのに、やめておけばいいのに。

冬の風がアタシを急《せ》き立てて――

「……もう一つ、選択肢があるんじゃないか？」

『選択肢？』

ひゅるるおお。

もう、止まらない。

頭が真っ白になり、全身が痺《しび》れに支配され、

そしてとうとう、その言葉を口にしてしまう。

「――ウソじゃなくする、とか」

しん……、と。

あれだけ激しかった風が止《や》んで、たちまち灰色の世界に静けさが満ちる。

お互いの息が止まり、舞い落ちる雪の音すら聞こえそうな、果てしない静寂。

『…………悪い円花《まどか》、意味が分からないんだけど……』

「だから、さ」

アタシの意思とは無関係に、口から言葉が紡がれる。

まるで急な坂道でブレーキの壊れた自転車に乗っているような、そんな感覚。

もう自分じゃ止められない、この自転車はただ猛スピードで坂道を下るだけ、いずれ激突してばらばらになるしかない。しかし一方でそんな状況を心地よいと思っている自分もいる。

ああもう、全部どうだっていい。

緑川《みどりかわ》も、学校も、双須《そうず》も、今のアタシも、今のレンも。

全部、全部、全部投げ出して、アタシは——

「アタシは、レンのことが、今でも——!」

その時、ずっと遠くの方で、校舎の屋根から大きな雪の塊が落ちるのが見えた。

……さて、ここからのことは正直アタシもはっきりとは覚えていない。

もしかするとソレは単なる空耳かもしれないし、後になって都合よく記憶が書き換えられてしまっただけの可能性もある。

でも、記憶が正しければアタシはその時確かに音を聞いた。

ちょうど雪の落ちたあたりから「カンッ」という音を。

それは、喩《たと》えるならまるで重たい金属の塊を叩《たた》いたような音で……。


「いや、レンのことがずっと――！」

――瞬間、アタシの言葉を遮って、
すさまじい衝撃と音が静寂をことごとく破壊しつくした。

「ひゃあっ!?」

アタシは咄嗟《とっさ》に両耳を押さえて、その場にうずくまる。ほとんど反射的な行動だった。

地面が揺れる、あとからやってきた風が雪のカーペットをまくりあげる、かなり遅れてなんらかの破片が雪の上にぱらぱらと降り注ぐ。

「……!?　っ!?」

『み、耳がっ……！　おい円花《まどか》っ……!?　なんだ今の音!?　円花……!?　大丈夫か……!?』

スマホの向こうでレンが叫んでいるが、耳鳴りがうるさくてうまく聞き取れない。

な、なんだったんだ今の……!?

アタシはようやく顔を上げて……それを見た。

「………………は？」

百年以上の歴史を持つ緑川《みどりかわ》高校が、

あれだけ憎んだ学《まな》び舎《や》が、

「えええええええええ────────っっっ!?」

アタシの目の前で、まるでコントの大道具よろしく、跡形もなく倒壊する瞬間を。

──かくして今年の一二月二四日、クリスマスイブ。

アタシの平凡で退屈なる日常は、文字通り完膚なきまでに粉砕されてしまった。

♧

不発弾爆発　校舎倒壊す――

円花の住む緑川という片田舎で起こった前代未聞の大事件……そのいきさつはこうだ。

戦時中に投下され、今日に至るまで緑川高校グラウンドに埋没していた不発弾。これを緑川高校野球部員が練習中に偶然発掘してしまう。

これを、なんと彼らは素手で持ち運んで移動までさせたのだというのだから驚きだ（インタビューで野球部員の一人が「タイムカプセルかと思った」などと答えていた）。

こうして地上に放置された不発弾はその日の夜、なんらかの弾みで――爆発した。

とはいえ二人がかりで運べる程度の不発弾。爆発の規模はそれほどではなかったが……それでも歴史ある緑川高校校舎はこれに耐えられなかった。

さながら爆破解体、爆発は外壁の一部を吹き飛ばし、間もなくして建物全体が倒壊、一瞬のうちに校舎は瓦礫《がれき》の山と化した。

幸いその日は学期最後の日で時間も遅かったため、校舎付近には誰も残っておらず、円花も含め、怪我人《けがにん》は奇跡的に一人も出なかったようで――。

というニュースを見た俺の第一声。

「んなバカな」

いやもう、それ以外に言葉がなかった。

今日びギャグマンガのオチでだって、なかなか見ない光景だ。

しかしまあ事実は小説より奇なりというか、時として現実は現実であるがゆえに、無遠慮にリアルとフィクションの垣根を……。

……いやなんでもねえわ、普通にバカ話だろこれ。

「──ま、あんま心配しないでいいっぽいぜ」

一二月二八日の夜のこと。

俺は颯太《そうた》の心配性が悪化しないよう、意識して軽い調子で電話口に報告した。

『ほ、ホントに大丈夫なのか円花《まどか》ちゃん……？　だってニュースで見たけど、爆発の瞬間近くにいたんだろ……？　怪我《けが》とか、そ、そのトラウマとか……？』

「全っ然、昨日軽く緑川《みどりかわ》まで様子を見に行ってきたけど怪我一つなかったよ。どっちかってーとマスコミへの対応に疲れてる感じだったな」

あと、俺に対して何故《なぜ》かそこはかとなく気まずそうな雰囲気があったけれど、これは別に言わなくてもいいだろう。

『それならよかった……よかったのか？　俺と佐藤《さとう》さんも見舞いに行った方が……』

「やめとけやめとけ、余計気を遣わせるだけだぞ。なんかよく分からんけど、あの騒動の前からちょっと弱ってたみたいだったし」

『弱ってた？』

「ちょうど電話してたんだよ、あの日に、つーか事件の時に」

『えっ』

あの日の円花は、言葉の端々から疲れが見えたのを覚えている。

なんだか大事な話をしようとしていたようだったが、あの爆発のせいで全て有耶無耶《うやむや》になってしまった。

昨日円花にもその話について聞ける雰囲気ではなかったし……。

「まあ、ともかく余計に心配するのはやめとけってこと」

『そ、それもそうか……うん……』

まったく、心配性の颯太を納得させるのもひと苦労だ。

「まっ、なんにせよ落ち着いたらこっちから連絡するって円花も言ってたよ、そこんとこ佐藤さんにも伝えておいてくれ」

『わ、分かった！　はあ、でも安心したよ、俺も佐藤さんも心配してたからさ』

「その気持ちは十分伝わってると思う……っていうか昨日俺が直接伝えといた」

『はー……すごいなぁ蓮《れん》は、落ち着いてるよ。俺はこういう時すぐにテンパって一人で色々考えすぎちゃうからさー……』

「それはまあ、その通りだな、実績がある」

颯太が気恥ずかしそうにあははと笑う。

まあ、なにはともあれ、これで一件落着……。

『――やっぱカレシ力高いよなー蓮《れん》って』

…………ちょっと待て。

「おい」

『うん？』

「誰が誰のカレシって？」

『……？　蓮が、円花《まどか》ちゃんのだろ？』

こいつ、素で言ってるのか？

「……俺と円花は、付き合って、ない」

『…………ああっ!?　まだ付き合ってないんだっけ!?』

「まだも何もねえよ！　そんな予定は！」

通話終了。

年末だというのに、間違いなく今年一番大きな声が出てしまった。

「はぁ、はぁ……クソ、颯太《そうた》のヤツ変な勘違いしやがって……」

なんだか一瞬で疲れてしまった。

俺はベッドに身を投げ出し、ゆるやかなまどろみに身を任せる。

余談だが、この数日後に俺は佐藤《さとう》さんの従姉妹《いとこ》・雪音《ゆきね》ちゃんを中心としたドタバタに巻き込まれ、年内にあのバカップルと顔を合わせる機会があったわけだが……
今思えば、俺はあの時、強く言い含めるべきだったたと思う。
俺と円花は付き合ってなんかいないんだ、と。
多少空気を読まずとも二人には……特に佐藤さんには改めて伝えるべきだった。
しかし後悔先に立たず。
俺がこの時の判断について本気で後悔するのはもう少し先の話であった。

二枚目　付き合ってるんです

♠

えー、あけましておめでとうございます、押尾《おしお》颯太《そうた》です。

年も改まり、厳しい寒さの中にもすがすがしさが感じられる今日この頃、皆さまいかがお過ごしでしょうか？

……という前置きはさておいて、
突然だけど、皆は長期休暇デビューって知ってるかな？

そう、長期休暇デビュー、夏休みデビュー、もしくは冬休みデビューとも言うよね。

きっと皆も覚えがあると思うよ。

俺たち学生にとっては長すぎる休みが明けて、いざ久しぶりにクラスメイトたちと顔を合わせてみる。するとちょっぴり髪色が明るくなっていたり、なんだか無理してキャラ変していたりする、アレ。

特定の二人が妙によそよそしくなるってパターンもあるよね。あー、あの二人、休みの間になんかあったのかな……ってな具合に。

そういう「デビュー勢」をクラスの皆がイジるっていう定番イベントがあったりしてさ。ピンときた？　そう、アレアレ、あの学生あるあるのアレ。

――アレのせいで俺は、人生最大の羞恥《しゅうち》に晒《さら》されている。

「恋愛ってやっぱり、人生を豊かにすると思うんだよね」

冬休み明け、およそ半月ぶりの２のＡ教室は表面上なにも変わらなかった。

いつものメンツがいつもの場所に固まり「冬休み、もっと長くてもいいのにね～」「どっかいったりした？」「授業だるいなぁ」「そろそろ受験勉強も本腰入れないとだね」なんて他愛《たわい》もない会話をしている。

でも、確かにさっきの彼女の発言で、

一瞬だけ教室の空気がピリ……、と張り詰めるのが分かった。

「……」

新学期早々、俺は机に突っ伏して寝たフリをしている。

視界は暗闇《くらやみ》に包まれて、俺にはもう声しか聞こえないけれど、でも周囲の状況は手に取るように分かった。

クラスメイトたちが、俺の方を見ている。

寝たフリなんかしやがって、無駄な抵抗はやめろと目で訴えかけてきている。

蓮《れん》がすぐそこで、今にも笑い出しそうなのを堪《こら》えている。

おい颯太《そうた》、お前はいつまで耐えられるかな？　なんて悪魔じみた口角の引きつりをちらつかせながら。

そして……そして、向こうの席で、ああ……

「だからみおみおもいつか素敵な相手に出会えたら、人間的に成長できると思うんだ」

「……」

──佐藤《さとう》こはるさんが!!　五十嵐澪《いがらしみお》さんに!!

あろうことか恋愛の教えを説いている！！！

「…………」

視界は塞《ふさ》がれている（というか塞いでいる）けれど、得意げに語るこはるさんとそれをすーっと聞いている五十嵐さんの様子がありありと目に浮かぶ！

か────っと全身が熱くなった。体液が沸騰しているのかと思った。

勿論《もちろん》恥ずかしさで、だ。

「やっぱり恋愛って、ただ見つめ合うだけじゃなくて一緒に同じものを見て、お互いに成長していくのが本質だって偉い人も言ってたしさ」

「…………へえー」

あ、あ、あああああああああああああっ。

やめてやめてこはるさんやめてッッ、マジで恥ずかしいからッッ！

気付いて!!　君は今！　泳《いか》がされているだけなんだッッ！

よく周りを見て!?　皆そしらぬ顔でこはるさんの一言一句に聞き耳立ててるから――！

「恋ってやっぱりギブ&テイクだから……」

やめてえええええええええええっ!!

俺は机にめりこむほど額を押し付けて、なんとか悲鳴を堪《こら》える。

――どうしてこんなことになっているのかって？

改めて人に説明するのも恥ずかしいのだけれど、事の発端は年末年始の雪音《ゆきね》ちゃん事件。

もっと言えば騒動の終盤、俺とこはるさんが――キスをしたことが原因だった。

それはほとんどハプニングやアクシデントのようなものだったけれど、ともかく俺とこはるさんは付き合って半年経《た》って初めて、キスをした。

このキスは俺とこはるさんの関係を大きく進展させる一方で……あまりに進展させすぎて、こはるさんをおかしくしてしまった。

恋人とキスをしたことによる多幸感！

プラス自己肯定感の急上昇！　プラス誰かに自慢したい欲!!

そしていろんなメーターが振り切った結果「幸せおすそわけスイッチ」までオンになり……

佐藤《さとう》さんは果たしてしまった！

鮮烈な冬休みデビューを!!　期待の大型新人として！

いや、いや、もちろん長期休暇デビューは悪いことじゃないよ、むしろ変化するのはいいことだよ、これは笑われるようなことじゃない。

でもね、こはるさん、届かないのは承知の上で、心の中でだけ言うけどね。

そういうのはね、さりげなくやるものなんだよ。

そんなバレバレのやり方は「私たちは冬休みに何かありました」ってクラスの皆の前で宣伝するのと一緒なんだよッッ。

「そうだ、私そういえばみおみおにはまだ聞いてなかったかも」

「……何をよ」

「みおみおが、どういう人に惹《ひ》かれるか」

「………………」

教室内の時間が一瞬ぴた……と止まるのが分かった。

嵐《あらし》の前の静けさという表現がぴたり当てはまる。

蓮《れん》がわざとらしい咳払《せきばら》いでごまかしている。ダムは決壊寸前だ。俺の中のアラートは鳴りっぱなしである。

しかし、悲しいかな。

この状況に気付いていないのは当の本人、こはるさんだけで……。

「……それを聞いて、どうするの？」

「もしよければ私がいい人を紹介してあげようかと思って、ね」

「……紹介？」

「うん、私、最近友達増えたの、ミンスタのフォロワーも」

「…………」

伸びた鼻が今にも天井に突き刺さりそうな（イメージ）こはるさん、対するは声音だけでも不機嫌を擬人化したような五十嵐《いがらし》さん。

緊張の糸はすでに限界まで張りつめており、今にも……。

「なんなら、颯太君経由で誰かいい人を紹介しても――」

……あっ、
糸が、切れた。

俺が腕の隙間《すきま》からちらりと様子を窺《うかが》うと、五十嵐さんがにわかに身を乗り出して、呆気《あっけ》にとられる佐藤《さとう》さんの頬《ほお》を……

「ふんっ!!」

両端から、引っ張った。

「!?!?!?　いっ痛ひ痛ひ痛ひぃ～～～っ!?」

「——な・に・がっ!!　恋愛は人生を豊かにする、よ!!　自分が冬休みにカレシとなんか進展あったからって調子に乗るなぁ——っ!!」

「ひ、ひぇ、嫉妬《しっと》……!」

「うるさいっ！」

「い、痛ひぃぃぃ……!」

びよ——っ、佐藤さんの頰がつきたてのモチみたく伸びる。

——以上、絶対に笑ってはいけない2のA教室、終了。

堰《せき》を切ったように教室が笑いの渦に包まれる。そりゃあもう、天井が落っこちてくるほどの大爆笑だった。

俺はもう、あまりの恥ずかしさで机に突っ伏したまま震えるしかない。

そんな俺の様子を見て一層大きな笑いが巻き起こった。

「あはははははっ!!　なあなあ颯太《そうた》クン！　俺にも誰かいい人紹介してくれよ！」

「もういっそ殺してくれ……」

「ひ——っ！」

蓮《れん》がゲラゲラと笑い転げている。

ああああああああああああああ恥ずかしい恥ずかしい恥ずかしいっ!!

とんだ冬休みデビューだよ!!

「み、みなさーん……？　もうすぐホームルームの時間ですよー……？」

教壇に立つ彼女の存在に気付いたのは、皆が笑い疲れて息も絶え絶えになった頃だった。

担任の五町《ごまち》先生、あだ名は「ごまちん」。

20代前半で小柄な体軀《たいく》、それから鼻筋に架《か》かったそばかすの橋と、いかにも幸薄そうな顔立ちが哀愁を誘う2のAのマスコットキャラ的存在だ。

彼女の存在に気が付くなり、クラスメイトたちがバカ騒ぎをやめ、一斉に各々の席へ戻り始める。

ちなみに俺も、まだ死ぬほど恥ずかしかったけど、なんとか姿勢を正した。

その際、ずっと机に押し付けていた額が真っ赤になっていたらしく、蓮《れん》が「ぶっ」と噴き出していて、また羞恥《しゅうち》で顔が熱くなってしまったけど。

「おー、素晴らしいです。うんうん、休み明けでも2のAの皆さんは変わらずいい子で先生たいへん嬉《うれ》しいです。2のAの皆様はたいへん……ええ、私が教育実習で受け持ったあのクラスに比べればたいへん……たいへんで……ううっ」

……始まった。2のA名物、ごまちんの教育実習ＰＴＳＤ。

最初はおおいに戸惑ったものだけど、今となってはあえて触れる者もいなかった。

「うう……すみません脱線しました、ホームルーム始めます……」

さて、ここからはいつもの流れだ。

出欠をとり、冬休みの課題を集め、連絡事項が二つ三つ。

いつもとなんら変わらない、いつも通りのホームルーム……。

の、はずが。

「……そして、ええと……今日は皆さんに一つ、大事な報告があります」

ごまちんの発言に、クラスの皆がざわついた。

なんだろう？　ごまちんにしては珍しくかしこまった雰囲気だけど。

「うーん、なんと言ったらいいか……そうですね、まず、あまり驚かないでください……今日から皆さんと一緒に勉強する仲間が増えます」

「えっ？」

驚くなと言われたけど、それは無理な話だ。

より一層クラスに大きなざわめきが広がった。

「一緒に勉強する仲間？」「どういうこと？」「もしかして、転校生？」

転校生？　こんな中途半端な時期に？

「皆さんは緑川《みどりかわ》の一件を知っていますよね」

緑川、その単語がごまちんの口から発せられた時、空気が引き締まるのが分かった。

俺と蓮が顔を見合わせる。

知らないわけがない、年末年始はどこもかしこもあの話題で持ち切りだったのだから。

そしてなにより――円花《まどか》ちゃんがあの事件に巻き込まれた。

「そうです、年末に緑川《みどりかわ》高校の校舎が倒壊してしまった件についてです。あの事件で緑川高校の皆さんは学びの場所を失ってしまいました。これはたいへん悲しいことです。もちろん県は一刻も早く緑川高校での授業が再開できるよう尽力していますが……正直、復旧の目途は立っていません」

……確かに可哀想《かわいそう》だとは、思う。

でも、

「かと言って、未来ある若者たちから学びの場が奪われるなど、決してあってはならないことです」

どうして今この流れでその話を……？

「簡単に言うと――協議の結果、私たちの桜庭《さくらば》高校が緑川高生の一時的な受け入れ先として選ばれました」

しん……、一転して教室内が静まり返った。

誰もがごまちんの「簡単」な言葉の意味を、簡単には呑《の》み込めずにいた。

桜庭高校が一時的な受け入れ先？

……ちょっと待って？

それって、つまり……要するに……

「……今日からカワコー生と一緒に授業を受けるってこと？」

誰かがぽつりと呟《つぶや》き、それと同時に俺たちは全てに合点がいった。

ごまちんが驚くなと前置きした理由、
一緒に勉強する仲間が増えるという表現の真意。

——それは百人近い緑川高校の全校生徒が今日から、桜庭高校に合流することを示していた。

「「「ええ——————っ!?」」」

クラスメイトたちの絶叫は、隣の、そのまた隣の……

というよりは全教室で共鳴して、校舎を揺るがし。

♧

「……マジかよ」

そして俺の日常をことごとく破壊した。


——一緒に授業を受ける、という表現は、すみません！　ちょっと違います！

正しくは「緑川《みどりかわ》高校の皆さんが、桜庭《さくらば》高校の空き教室を間借りして、そこで授業をする」です！　むやみやたらと騒ぎ立てては緑川高校の皆さんの迷惑になりますので！　皆さんどうか！　どうか落ち着いてください！

……と、ごまちんが慌てて訂正していたけれど、そんなのもう誰も聞いちゃいなかった。

朝のホームルームから半日経《た》ってなお、教室中えらい騒ぎで一向に収まる気配がない。

初めに、とあるバカップルの反応。

「ねえ颯太《そうた》君颯太君っ！　すごいよっ!?　今この瞬間！　別の教室で緑川の生徒さんたちが授業を受けてるんだよ!?　すごくない!?　すごいよねっ!!」

「こ、こはるさん、わわ分かった、分かったから……！」

「私、緑川の人たちとお友達になれるかなあっ!?　お昼休みになったら思い切って話しかけにいったりとかして！　ミンスタも交換したいなぁ！」

「落ち着いて落ち着いて一旦《いったん》落ち着いてっ……！」

次に、演劇部女子三人組の反応。

「カワコー生ってどんな人たちなんだろぉ？　みおみおも気になるよねぇ」

「わ、私は別に……」

「かーっ、みおみおはまーたカッコつけちゃって、新しい演劇部員が見つかるかもだよ～？」

「えっ？　カワコー生ってサクコーの部活に勧誘してもいいの？」

「いや、知らんけど」

「わさびは適当だねぇ」

最後に、某有名現役女子高生インフルエンサーの反応。

「ヒメ、興味な〜い、だって緑川ってあの海と山しかないド田舎でしょ〜？　どうせダサい人たちばっかに決まってるもんね〜、そんなことより次のミンスタ更新のネタ考えないと……フタバの新作はもうやった、喫茶店巡りもマンネリ……いよいよ踊るしかないのかなー……？」

このように、反応は三者三様。

積極的に交流をはかろうとする者もいれば、無関心を装う者も。

しかし、彼ら・彼女らの意識の中心に「カワコー生」があることだけは間違いなかった。

「いやあ、すごいことになっちゃったねえ、あははははは」

「……颯太お前、この騒ぎで朝のアレがチャラになったから嬉《うれ》しくて仕方ないんだろ」

「あはははははははは」

コイツ、嬉しそうにしやがって。

「あ、そうだ、蓮《れん》に一つ提案があるんだけど」

「提案？」

「昼休みになったら、俺とこはるさんと一緒にカワコー生の教室へ挨拶《あいさつ》に行かないか？　円花《まどか》ちゃんがいるかもしれないしさ」

「ごまちんがそういうことはやめとけって言ってなかったか?」

「やめろと言うのが教師の仕事なら、それを無視するのが学生の仕事だと俺は思うんだよね」

「……」

「あはは!」

コイツ、浮かれるあまりに普段とキャラ変わってるぞ。

……まあいいや、俺も円花《まどか》のことが気になるのは事実なわけだし。

結局、あの事件以降は年末に一度顔を合わせたきりだし、あの時はバタバタしていた。

「そうだなあ、じゃあ行くか、昼休みに」

「よし決まり、こはるさんにも伝えておくね」

「……ところでお前いつから佐藤《さとう》さんのこと名前呼びになったんだ?」

「あはは、いつだっけなあ、忘れちゃったなぁ、あはははは」

くそっ、今のコイツ無敵だ。


——さて、あっという間に昼休み。

「ねえ颯太《そうた》君も蓮《れん》君も早く行こう行こう行こう行こうっ!!」

「ちょっ、こはるさんっ、首っ、首っ、とれちゃうからっ……!」

興奮しきった佐藤さんに胸倉を掴《つか》まれてがっくんがっくんやられている颯太。

颯太ほどではないにせよ、比較的初期の方から佐藤さんの変遷を見てきたはずだが……この変わりっぷりには未《いま》だに慣れない。

……今さらだけど、どのへんが塩対応なんだよ。

「とりあえず行こうぜ、二人とも」

「うん！　行こう！」

「…………（死）」

そんなわけで、俺・颯太・佐藤さんの三人は昼休みになるなり、飯も食わずにカワコー生たちが授業をする教室へと向かったわけだが……。

「……考えることは皆一緒だな」

教室前の廊下は、すでに野次馬たちでごった返していた。

クラスメイトはもちろん他クラスの生徒まで、当然のようにサッカー部の仲間たちの姿もある。

「す、すごい人だよ颯太君っ!?　購買より混んでるっ！」

「まあ、そうなるかぁ……」

こんな一大イベント、娯楽に敏感な高校生がスルーするはずもない。

むしろ教室内に押し入るヤツがいないだけまだマシと言えるだろう。

「仕方ねえ、出直そうぜ、円花なら放課後に会えるさ、俺購買行ってくる」

「──待って蓮君《れんくん》！」

「あっ？」

その場を立ち去ろうとしたところ、佐藤《さとう》さんに腕を掴《つか》まれた。

臆病《おくびょう》で引っ込み思案で、カレシの親友である俺にまでビビっていた以前の彼女なら決してこんなことはしなかっただろう。だから余計に驚いてしまった。

「な、なに？　佐藤さん……？」

「出直すなんて駄目だよっ！」

「駄目？　何が？」

「円花《まどか》ちゃんに会うのは誰よりも蓮君が一番じゃないといけないの！」

「はっ？」

何一つ、言ってる意味が分からない。

なのに佐藤さんは「私は分かってるからね」とでも言いたげに、ヘタクソなウインクをしている。

……いや。

ちょっと待て。

この反応、もしかして──。

「──だって蓮君は円花ちゃんのカレシだもんね！」

「だっ……!?」

真冬だというのに全身からぶわっと汗が噴き出した。

傍《はた》から見ていた颯太《そうた》も、見るからに「しまった！」という顔をしている。

――そうだ！　完全に忘れていた！

佐藤さんはまだ俺と円花が付き合っているというウソを信じているんだった！

「ちょっ！　佐藤さんっ!?　しーっ！　しーっ!?」

「？」

俺は慌ててあたりの様子を窺《うかが》う。

幸い皆教室の方へ意識が向いていて、誰も聞いていなかったようだ。

というか聞かれていたら一巻の終わりだ！

「どうしたの蓮君？　顔色が悪いよ？」

「いやっ……！　はは、ほら、なんというかその件についてなんだけど、実は、その……！」

「……ああ！　言わなくても分かってるよ！　恥ずかしいんだよね？　私も颯太君と付き合い始めたばっかりの頃はそうだったの！」

「違う！」

お前らバカップルと一緒にするな！

「というか声が大きい……！　誰かに聞こえたらまずいから声抑えて……！」

「…………………」

……!? なんだその生暖かい笑顔!?

おい、やめろ！ ははーん、みたいな反応するな！

別に恥ずかしくて言ってるわけじゃないんだよ！

「蓮《れん》君、意外に初心《うぶ》なところあるんだねえ」

「……!?」

びき！ とこめかみに青筋が浮いた。

こ、この俺が佐藤《さとう》さんに煽《あお》られている……!?

ウソを吐《つ》いた俺の自業自得とはいえ、つい最近まで中学生……いや小学生みたいな恋愛をしていた佐藤さんに!?

いや待てムキになるな三園《みその》蓮！

彼女は今、冬休みデビューで浮かれ果てているだけで、正常な状態じゃない！

相手は親友のカノジョ、相手は親友のカノジョ……！

「いいんだよ蓮君？ 私には隠さなくたって」

――あっダメだ限界、俺のプライドが許さない。

「だからっ！ 俺と円花《まどか》はそういうんじゃなくて――！」

と、その時……間が悪いことにガラっと音を立てて教室の引き戸が開いた。

どうやらちょうどカワコーの授業が終わったようだ。

「──っ」

戸が開き切るまでの一瞬、集まった皆がはっと息を呑《の》むのが分かった。

不安と緊張、今日から新しく加わる仲間はいったいどんな人たちなのだろう？

可愛《かわい》いかな、カッコイイかな？　友達になれるかな？　感じのいい人だといいな……。

そんな淡い期待を抱きながら。

しかし扉の向こうから現れた人物を見た時──

「えっ」

彼らの期待はことごとく打ち砕かれることとなる。

何故《なぜ》なら皆の前に現れたのは、「感じがいい」とはまるで真逆の人物だった。

髪をまっキンキンに染めて耳には赤いピアス、おまけにカワコー指定の制服を着崩した、絵に描いたような不良女子。

俺もまた彼女の姿を見て頭を抱えた。

……本当に間が悪い、よりにもよってお前が一番に出てくるのかよ。

そう、教室から出てきたのは今まさに話題にあがっていた村崎《むらさき》円花だった。

「…………？」

円花はいかにも不機嫌そうに、集まった桜庭《さくらば》高生たちをじろりとねめつけると、

「……なに見てんだよ」

ぶっきらぼうなその一言で、皆の心が一気にさ―――っと離れていくのが分かった。

……ああ、案の定やってくれたな円花《まどか》。

円花は初対面の相手に対して愛想よく振る舞えるタイプでもなければ、そもそも人の目を気にするようなタイプでもない。

だってあの見た目からも分かるだろう？

いつの時代のヤンキーだよ。

おおらかな緑川《みどりかわ》高校ならいざ知らず、ここ一応進学校だぞ？

「どいてくれ、そこ通るから」

「ア、ア……すみません……」

気の弱そうな男子が道をあけたのがきっかけとなって、人の波が一斉に廊下の端へよける。

まるでフナ虫みたいだ。これにはさすがの颯太《そうた》も苦笑するしかない。

「はは……まあ円花ちゃんらしいっちゃらしいけど……」

「あーあ円花のヤツ、これカワコー変な噂《うわさ》立つぞ……ってあれ？　佐藤《さとう》さんどこいった？」

「えっ？」

いない。

少し目を離した隙《すき》に佐藤さんが忽然《こつぜん》と姿を消してしまった。

俺と颯太はきょろきょろとあたりを見回して、

「あっ！」

颯太が先に彼女を発見し、そして遅れて俺も「あっ⁉」と声をあげた。

佐藤さんは――いつの間に！　人の波が引けたのをこれ幸いと、円花めがけて一直線に駆け出しているじゃないか！

「――ま・ど・か・ちゃあんっ‼」

「うわっ⁉」

佐藤さんは主人を見つけた子犬のごとく、円花に飛びつく。

たちまち野次馬たちの間に大きなざわめきが走った。悲鳴すら聞こえた。

ヤバい塩対応の佐藤さんがヤンキーにボコられる――そう思ったのだろう。

しかし、実際は違う。

「コハル……いきなりびっくりするだろ」

「ごめん！　円花ちゃんを見たらつい我慢できなくなって！　それよりニュースで見たんだけど大丈夫だった⁉　ケガとかない⁉」

「なんともねえよ、毎日取材取材でうざったかったけど、心配かけて悪かったな」

「全っ然！　私はね、円花ちゃんと同じ学校で勉強できるのが嬉《うれ》しくて嬉しくて……！」

野次馬たちのことなんかお構いなしに再会を喜ぶ二人。

……この時ばかりは佐藤《さとう》さんの空気の読めなさが功を奏した。

「あ、あれ？　もしかして佐藤さんの知り合い……？」

「めっちゃ仲良さげじゃない？　佐藤さんって他校に友達いるんだ、なんか意外……しかもあんな怖そうな子」

「でもあのマドカってカワコー生、見た目怖いだけでけっこー普通の子っぽくない？」

「てかピアスと金髪いいなー、カワコーって校則緩いのかな？」

「そういえばあたしカワコーの制服初めて見たかも!?　デザイン可愛《かわい》い～！　ウチのと交換してほしい！」

「俺、あーいう子タイプかも……」

「マジかよ」

佐藤さんが先陣を切ったおかげで、あっという間に風向きが変わった。

少なくともさっきまでの「今後カワコー生と関わるのはやめよう」ムードはなくなっている。

……すっげ、こーいうの俺には絶対にできない芸当だ。

佐藤さんっていつもビクビクしてるくせに、変なところで怖いもの知らずだよな。

「あ、そうだ！　颯太《そうた》君！　蓮《れん》君も！　こっちこっちー！」

佐藤さんが大声をあげて、こちらへぶんぶんと手を振ってくる。

自動的に野次馬たちの視線も俺と颯太に集まった。

「はは、こはるさんがお呼びだ」

「げぇっ……俺こういう目立ち方嫌いなんだけど……」

でもまあ、幼馴染《おさななじみ》を助けてもらった恩もあることだし……今回は素直に従うとしよう。

「しゃあない、行くか」

「うん」

俺と颯太は佐藤さんに手を振り返しながら、同じように円花《まどか》の下へ歩いていく。

皆があけた道を通るのは、まるで凱旋《がいせん》パレードのようで少しだけ気分がいい。

「よお円花、久しぶり、元気だったか？」

幼馴染に対するいつも通りの挨拶《あいさつ》。

その際に……気のせいだろうか。

「れ、レン……!?」

俺の名前を呼ぶ円花の表情が、強張《こわば》った。

「……？」

なんだ今の反応……？

年末も会っただろうに、まるで俺にだけは会いたくなかったかのような……。

しかし、その真意を知ることは叶《かな》わない。

何故《なぜ》なら、確かめるよりも早く、教室の中からやけに賑《にぎ》やかなカワコー生の一団がぞろぞろ出てきたからだ。

「――いやあ！　サクコーの教室は冬でもあったかくていいなぁ！」

「カワコーはだるまストーブだったからねえ、後ろの席だともう寒くて寒くて……」

「ぼくエアコンの暖房機能使ってるところなんて初めて見たよ、あれって冷やすだけじゃないんだね～」

「そういえば俺来るときに見たけど一階に自販機あったぞ」

「マジかよ学校に自販機!?　や、休み時間にジュース買っても怒られないかな……!?」

「お前らそんなので騒いでたら身が持たないぞ！　なんてったってこれから購買にパンを買いにいくんだからな！　いいよなー購買、オレ購買にひそかな憧《あこが》れがあって……うわっ!?　なんだこの人だかり!?」

……なんだあの間抜けな集団、修学旅行生か？

たぶん先頭を歩いているひときわうるさい八重歯の男がリーダーなんだろうけど……。

「あ、あれっ？　円花《まどか》もいるじゃん、なにこれどういう状況？」

「双須《そうず》……」

どうやら二人は知り合いらしい。

当たり前か、あんな小さな学校、全員が顔見知りみたいなもんだろ。

……いや、本当にそうか？

ただの顔見知りの割りには、円花の表情がどことなく複雑な……。

「……？」

なんだ、今のもやもやは？

自分の内に生じたわけのわからない感覚に首を傾《かし》げていると、取り巻きの一人が双須という男に進言した。

「ねえカッちゃん」

「ん？」

「これってさ、もしかしてなんだけど自己紹介の流れなんじゃない？」

「ああっ⁉　確かに！」

双須はぽんと手を打って、視線を二度三度往復させると……、

「……はっ？」

何故《なぜ》か、俺に照準を定めて。

「――はじめまして！　緑川《みどりかわ》高校野球部主将・双須勝隆《かつたか》です！　こいつらはウチの部員！　よろしく！」

そして少年のような笑顔で握手を求めてきた。

な、なんで俺……⁉

一瞬躊躇《ちゅうちょ》したが、引きつった笑顔で握手を返す。

「サッカー部の三園蓮《みそのれん》、よろしく……」

「蓮な！　かっけえ名前じゃん！　オレのことは勝隆《かつたか》もしくはカッちゃんでいいから！　以後よろしく！」

「ははは……」

痛いぐらいの力……いやもうはっきりと馬鹿力《ばかぢから》で握り返される。

その光景を見て、周りから「おお……」と感嘆の声があがった。まるで親善大使かなにかのような扱いだ。

ち、チクショウ……こういう面白くて悪目立ちする役目はいつも颯太《そうた》とか佐藤《さとう》さんへ回るはずなのに、どうして今日に限って俺が……

「ところで蓮と円花《まどか》は知り合いなのか!?」

「ま、まあな……小学校の頃一緒だった、いわゆる幼馴染《おさななじみ》ってやつ……」

「マジかっ!?　ちょうどよかった！　じゃあオレらと一緒に昼飯食べようよ！　もちろん円花も一緒にさ！」

「えっ」

こ、コイツ……!?　俺の苦手なグイグイくるタイプのコミュ強!?

「なっ!?　なっ!?　いいだろ蓮!?」

「い、いや、その……」

「双須《そうず》……やめとけ、レンを困らせんな、というかアタシが困ってる」

「え、なんでさ⁉」

「気まずいだろうが普通に、アタシと双須は」

「…………？？？　なにが⁉　オレは別に⁉」

「あっそ……」

「あっ⁉　もしかしてオレらが爆弾見つけちゃったから怒ってる⁉　ごめん！」

「……いや、もういいよ……」

円花が呆《あき》れたように溜息《ためいき》を吐き出す。

……気まずい？

会話の内容はイマイチ分からないが、円花の何気ない発言に、胸の内で謎《なぞ》のもやもやが膨らむのを感じた。

「なあ蓮いいだろ？　そこの友達も一緒にさ！　カワコーのこと色々聞きたいんだ！」

そこの友達、というのは颯太と佐藤さんを指しているのか。

最近は比較的マシになっていた佐藤さんだが、双須という圧倒的なコミュ強を前にして「塩対応」が発動しているし、颯太ですらただ圧倒されている。

……しっかりしろ俺、ぼーっとしてる場合か。

「いやその、そうだな……」

はっきり言って面倒なことになる予感しかしない。

本来なら断りたい場面だが……いや、これだけ目立ってしまった以上、それっぽい理由を付けたところで断った時点で印象が悪くなる。

というかそもそもこうして迷っている時間すら印象が悪い。

下手に皆からの印象を悪くするくらいなら、いっそ観念してしまうか……？

高速でそんな脳内計算式を組み立てていた、その時。

「──緑川《みどりかわ》に来る前の円花《まどか》のことも聞きたいしさ！　頼むよ！」

双須《そうず》が言って、ぽん、と円花の肩を叩《たた》いた。

別段イヤミな感じはない、単なるコミュニケーションの一環、何気ないボディランゲージ。

なのに、俺は──

「え？」

──反射的に円花の肩から双須の手を払いのけていた。

「……あ？」

誰もが俺の行動に驚いていたが、一番驚いていたのは間違いなく俺自身だった。

しん、と場が静まり返る。

俺は一体、何を……？

「れ、蓮《れん》？」

「……！」

野次馬の中にいたサッカー部の友人に名前を呼ばれて、我に返る。

——まずい、完璧《かんぺき》にやらかした。

「あ、ええと……！　双須悪い、これは……」

こんなの印象が悪いどころの騒ぎではない。

おどける？　ごまかす？　謝る？　そもそも俺はなんであんなことを……！

なんでもいいから早くなんとかしろ！　じゃないとお前はまた——。


「——付き合ってるんです」


俺も、双須も、円花も、颯太《そうた》も。

カワコー野球部の連中も、サッカー部の友人も、集まったサクコーの野次馬連も。

全員が一斉に、声のした方へ振り返る。

視線の先には……まるで氷の女王といった佇《たたず》まいの佐藤《さとう》さんの姿があった。

「……へ？」

未《いま》だ状況を呑《の》み込めていない双須が、間の抜けた声をあげる。

いや、このカオスな状況下で正しくそれを理解できていたのは、きっと佐藤さんだけだ。

だからこそ誰にも止められなかった。
あの塩対応の暴走機関車を――

「――蓮君《れん》と円花《まどか》ちゃん、付き合ってるんです。だからカノジョに気安く触られたのが、嫌だったんだと思います」

塩対応モードの彼女が発した声は……
悔しいことに澄み渡って美しく、これがまた静寂によく通り。
「えっ……」
そして、その場に集まった全員の耳に確実に届いた。
一秒、二秒……無限とも思える間があって……
――あ、これは過去イチヤバい。

「「「えええええええええええ――――っ!?」」」

本日二度目、
しかも一度目とは比べ物にならないほどの大絶叫が校内に……いや、桜庭《さくらば》全体に響き渡った。そう錯覚させるほどすさまじいものだった。

「ちっ、ちがっ!?　これは……!?」

慌てて否定しようとしたが、もう遅い。

一度ついた火はあっという間に燃え広がり、カワコーもサクコーも関係なく巻き込んで炎上する。

「ウッソ!?　蓮ってカノジョいたの!?　しかもカワコーの!?」

「蓮!　裏切ったな!　お前今のところカノジョ作る気はないって言ってたくせに!」

「てか手ェ早すぎるだろ!　初日で他校の女を……!　すげえな蓮!」

「やっぱイケメンは違うねえ」

「そうじゃないでしょ?　さっき小学校からの幼馴染《おさななじみ》って言ってたじゃん、つまりさ……」

「実は結構長い付き合い!?　遠距離恋愛!?　意外に純愛!?」

違う……違う違う!?　これは誤解なんだ!

助けを求めるようにあたりを見渡すと……佐藤《さとう》さんが例の「塩対応顔」で、俺にヘタクソなウインクを送っていた。思わずくらりとする。

「……や、やっぱり、円花……」

振り返ると双須《そうず》がチワワみたいにぷるぷる震えだした。目にはじんわり涙が浮かんでいる。

おい待て違う、お前も何か誤解している……!

「──他に好きな人いるじゃんかあああっ！」

「カッちゃん!?」

双須《そうず》が泣きながら走り去って、取り巻きたちが慌ててこれを追いかける。

そして、俺と円花《まどか》だけがこの騒動の渦中に取り残された。

「れ、レン……どーすんだよこれ……」

気まずい雰囲気の中、ぐるぐると思考が巡る。

なんでだ？　何を間違った？　どうして俺がこんな目に？

やることなすことがことごとく裏目に出る。今まで築き上げてきたものが、音を立てて崩れていく。

夢……夢か……？　これは悪い夢だ……そうに違いない……。

「……三角関係？」

どこかの誰かのそんな呟《つぶや》きが聞こえた時……

俺の平凡で完璧《かんぺき》なる日常は、完膚なきまでに粉砕されてしまった。

三枚目　愛してるゲーム

♧

——桜庭《さくらば》高校の三園蓮《みそのれん》と、緑川《みどりかわ》高校の村崎《むらさき》円花が付き合っている。

佐藤《さとう》さんの爆弾発言によって、サクコー生とカワコー生のファーストコンタクトはとんだ熱狂で幕を開けた。

噂《うわさ》が噂を呼び、はしゃぎ、盛り上がり、邪推し……

中にはこのスキャンダルをダシにして他校の女子とお近づきになろうとする不届き者すら現れる始末だ。

「なあ、レンレンってどうやって円花ちゃんと付き合ったん？」

「ははは……いやぁ、どうだったかな……忘れちまったな……」

「そういや蓮とコイバナしたことなかったかも、蓮って好きな子に自分から告るタイプ？」

「いや、あはは……相手によるんじゃねえかな……」

「ねえねえ！　遠距離恋愛ってどれぐらいのペースで会うの⁉　連絡の頻度は⁉」

「…………はは」

〝三園《みその》は、村崎《むらさき》さんのどういうとこが好きになったの？〟

「…………」

…………昼休みから放課後までの、僅《わず》か四時間の間で。

俺はありとあらゆる知り合いから、ありとあらゆる手段で想像を絶する質問攻めにあった。

休み時間も授業中も関係ない。直接、人伝《ひとづて》、はたまたＭＩＮＥ《マイン》のメッセージで。

どこにいても、何をしていても、一秒たりとも気の休まる暇はなかった。

「……」

年末の円花《まどか》も同じ気持ちだったのだろうか？　だとしたらすごい。

俺にはこんなの、一日だって耐えられそうにない。

「れ、蓮《れん》……？　大丈夫か……？」

放課後、颯太《そうた》から気遣うような声をかけられた瞬間、俺の中で「ぷつん」と糸が切れた。

「もうマジで無理」

「えっ？」

「帰るわ」

「か、帰るって……」

「悪いけど今日は部活出ないってサッカー部の連中に伝えといてくれ、じゃ」

「ちょっ……!?　蓮!?」

俺はスクールバッグを肩に引っかけ、颯太が呼び止めるのも無視して教室をあとにした。

教室に残っていようが部活に出ようが、待っているのは桃色質問地獄。

――もう、うんざりだ。

皆して人の色恋沙汰《ざた》を合法的に騒いでいいイベントか何かだと勘違いしやがって。

いいぜ？　そっちがそういうつもりなら俺にも考えがある――

俺は知り合いたちの好奇の目に晒《さら》されながらも、ずんずんと廊下を歩いていって……、
流れるようにカワコーの教室へ足を踏み入れた。

「えっ」

「誰あのイケメン」

「あれっ？　あの人って確か村崎さんの……？」

「なになになにっ!?　恋人のこと迎えにきたのかなぁ!?」

勝手に盛り上がるカワコー生たちの中から、帰り支度をする円花（と、もう一人名前の知らないぽっちゃり体型の女子）を発見する。向こうもすぐにこちらに気付いた。

「レン……？」

「よう円花」

俺はあえていつも以上に爽《さわ》やかに、見せつけるように彼女の名を呼ぶ。

勘違いしたけりゃすりゃいいさ。

こちとら、とっくに我慢の限界だった。

「——今から俺んち、来いよ」

一瞬の静寂、のちに。

「………………はぁっ!?」

円花《まどか》が吠《ほ》えるように言って、教室中から黄色い声があがった。


……自分の部屋に誰かを招き入れるのなんて、小学生ぶりのことだ。

そしてよくよく思い返してみると、その誰かもまた、小学生の頃の円花であったことに気付いて、ちょっとだけ笑いそうになってしまった。

「わりい、特に片付けてねえけど、どっか適当に座ってくれ」

ファンヒーターのスイッチを入れ、机の上に重ねた読みかけのファッション誌のたぐいをまとめながら、部屋の外で待つ円花に言う。

……返事がない。

「…………」

「……円花?」

「あ、ひあっ! な、ななんだよっ!?」

ひあ……？

「……そんなとこでなに突っ立ってんだ？　寒いから早く中入れよ」

「い、いや……やっぱアタシここでいいかな、なんて……」

「はぁ？」

「その、どうぞ、お構いなく……」

お構いなく……？

あまりにも円花らしくない台詞《せりふ》に、思わず眉《まゆ》をひそめる。

「構うわ、そこに立たれるとドアが閉められないだろ」

「じゃ、じゃあ寒くないから外でいい……」

すすす、と数歩後ろへ引き下がる円花、いよいよ様子が変だ。

まったく物怖《ものお》じせず、ガラの悪い男にだって平気で食ってかかる彼女が、ここにきて突然借りてきた猫のようだ。いっそ気持ち悪くすらあった。

「寒くないって……そんな鼻赤くして何言ってんだ、つか俺が寒い、いいから入れって」

やおら円花へ歩み寄ろうとする。

すると、

「くるなっ!?」

本当に猫みたいだ。

一歩そちらへ踏み出しただけなのに、円花《まどか》はびくっと後ろへ飛びのいた。

……よく見ると鼻の頭だけじゃなく顔全体が赤い。

マフラーに埋めた口から、フーフーと白い蒸気が噴き出している。

この反応を見て、さすがの俺も気付いた。

「……もしかして緊張してんのか？」

「するに決まってんだろっ⁉」

思いのほか素直な答えが返ってきたので、逆に驚いてしまった。

「しっ、ししっ、仕方ねえだろっ⁉　男の部屋入るの初めてなんだよ！」

「嘘吐《うそつ》くなよ、何回か来たことあるだろ」

「あの時は小学生だろうがっ⁉」

「まだ五年ぐらいしか経《た》って……ああもう！　いいから入れって！」

あまりの寒さでもはや説得するのも面倒になってしまった。俺はコート越しに円花の肩を摑《つか》んで、部屋の中へ引き寄せる。

円花は「ちょっ⁉　ちょっ、ちょおっ……⁉」と奇妙な声をあげていたが、なんとか室内へ押し込むことができた。

ドアを閉める音で、円花の肩が跳ねる。

「そのへん、適当に座ってくれ」

「……お、おお、おう」

円花は全身から軋《きし》む音が聞こえてきそうなぐらいぎこちない動きで腰を下ろす。

……体育座りだ。コートも脱がずマフラーも解かずに。

てか、息止めてんのか？

「……円花」

「………………」

「円花ー」

「……あっ!?　ああっ、なんだっ!?」

「飲み物、なんか持ってくるけどなに飲む？」

「あ、みみ、水っ、水でいい」

「……おっけ」

俺はコートを脱ぐと、円花を残してキッチンへ飲み物を取りに行く。

……ありゃダメだ。

昼休みの件で話があったのに、ガチガチに緊張してしまって、そもそもマトモに会話をできるような状態じゃない。

誰にも聞かれたくないからと俺の部屋を選んだのは、かえって失策だったか？

つーか、あんなあからさまに意識されるとこっちまで変に意識……いや、なんでもない。

ともかく、円花《まどか》の緊張をほぐさないことにはまるっきり話にならないわけで、

「はぁ……」

面倒だ、自然と溜息《ためいき》が出る。

……円花の言う通り、五年も経《た》てばそりゃ色々と変わるさ。

あの頃はそんなしち面倒くさいこと、考える必要すらなかったのに。

男とか女とか気にせず、放課後は俺の部屋でマンガを読んだりゲームをしたり、たまに姉ちゃんを交えて、よく日が暮れるまで遊んだわけだが、それももう子どもの頃の話だ。

どうしたもんかな、と頭を抱えて……、

「……あっ」

唐突に閃《ひらめ》いた。

なるほどそうか、発想の転換だ。

あの頃を再現すればいいじゃないか。


「悪い、待たせた」

俺は飲み物を持って、自分の部屋へ戻ってくる。

部屋の中はだいぶ暖まったが、円花は俺が出ていった時と寸分たがわない様子でそこに座っていた。当然コートもマフラーもそのままだ。

「お、おお……遅かったな……」

そしてまったく目を合わせてくれない。

「ちょっと探すのに手間取ってさ」

「……？　何を」

「缶詰」

「……缶詰？」

ここで円花、ちらりと横目で見て、
俺がキッチンから持ってきたのが水ではないことに、ようやく気が付いたらしい。

「レン？　それって……」

「料理なんて久々にしたわ」

透明なガラスの器をテーブルに置くと、しゅわっと清涼感のある音が鳴り、いくつもの泡粒が控えめにぷちぷち弾《はじ》けて、色とりどりの果実と躍った。

「これ……フルーツポンチ？」

「そ」

「今、真冬だぞ……？」

この色々と間の抜けた感じがかえってよかったのかもしれない。

それまで全身を強張《こわば》らせていた円花が、かすかに警戒を緩めるのが分かった。

「昔さ、夏休みに円花《まどか》がウチへ遊びにきた時、家に俺以外誰もいなかった時があっただろ？」

「……そういう日、結構あった気がするんだけど……」

「そうか？　えーとじゃあ……ほら、その日ウチにはお中元かなんかでもらったフルーツの缶詰が大量にあったんだよ、覚えてないか？」

「…………ああっ!?　あったあった！　五年生の夏休み！　親父《おやじ》さんが朝から駅前に新しくできたパチンコ屋に行ってた日だろ!?　雫《しずく》さんは確か友達とプールに行っていなかった！」

「そ、そうだっけ……？」

円花のヤツ、本当に昔のことよく覚えてるな……。

それはさておき、

「どうせ親父も姉ちゃんもいないし、俺たちだけで勝手に缶詰食べちゃおうぜって話になったじゃんか」

「覚えてる覚えてる！　でもレンが普通に食べるんじゃつまんないからって……」

「ボウルいっぱいにペットボトルのサイダーあけて、中に缶詰のフルーツぶちまけてさ、即席でフルーツポンチにしたんだよな」

記憶のラリーを繋《つな》ぐと、徐々に当時の詳細な感覚が蘇《よみがえ》ってくる。

あの日のシャツが張り付くような蒸し暑さも、台所の匂《にお》いも、セミの声も。

「今思えばあの時のアタシら相当もったいないことしてたよなあ……よくあるサイダーに高

い缶詰のフルーツ混ぜ込んだりしてさあ」

「しかも考えなしにボウルで作ったから腹いっぱいになって半分以上残したんだっけ」

「いや、後で帰ってきた雫さんが一人で残り全部食べた」

「すげえな姉ちゃん」

「その後パチンコで負けた親父さんが帰ってきて、俺のぶんも残しとけよ！　って三人揃《そろ》ってスゲェ怒られてさあ、雫さんはずっと不満そうな顔で……」

「あんま覚えてないけど余裕で想像できるわ」

姉ちゃんのことだ。「なんで私が……」とか言って唇をとんがらせてたんだろうな。

円花はその時の光景を思い出しているのか、くつくつ笑っている。

「……でもアレ、けっこーうまかったよな」

「そうだな」

あの頃のことはもうほとんど忘れてしまったけれど……どうしてだろう？　あんなどうでもいいフルーツポンチのことが今でも鮮明に思い出せる。

だからこそ、こんな真冬にこれを作ってしまったわけで。

「とりあえず食うか？」

「……そうだな、せっかくレンが作ってくれたんだもんな」

「おう、こんなんもう二度とないぞ」

「はいはいありがたいありがたい」

円花《まどか》は苦笑しながら言うと、ようやく体育座りをやめて――相変わらず見た目に似合わず育ちがいい――姿勢を正し、両手を合わせる。

「じゃあ、いただきます」

ガラスの器からスプーンでひとすくい。

俺もそれに倣《なら》って、お互い同時に口へ運んだ。

「……」

「……」

しばしファンヒーターの駆動音だけが部屋の中を満たす。

俺と円花は何度か口を上下させたのち、お互い顔を見合わせて……

「……あっっっま」

「ぶっは！」

俺がべえっと舌を出したのを見て、円花は耐えきれなくなったように噴き出した。

あれ？　おかしいな……？

「あの日食ったのもこんな甘かったっけ……うえ、甘味料って感じの味がする……」

「あははは！　レン！　お前缶詰のシロップも全部入れただろ！」

「なっ!?　あれ捨てるのかよ!?」

「サイダーとシロップの割合で甘さを調節すんだよ！　甘いのニガテなくせにバカだな！　あはは！」

「いっ……いやいやいやっ！　そんなの知るわけないだろ!?　普段料理しねーんだから！」

「てか今更だけど料理って！　サイダーの中にフルーツ缶の中身あけただけなのに……！」

「うぐ……」

別に料理なんてできなくたっていいとは常々思っているが、そんなに笑われるとさすがにむっとする。てか、笑いすぎだろ。

「ま、いーんじゃねえの？　アタシ自分より料理できる男イヤだし」

「あっそ……」

そんなわけのわからんフォロー、嬉《うれ》しくもないわ。

きっと今の俺は、さっき想像で叱《しか》られていた姉ちゃんと同じ顔をしているのだろう。

「ごめんごめん！　悪かったって！　……てか暑！　なんでアタシ上着も脱いでないんだろ？　あはは……」

でも、この甘すぎるフルーツポンチはしっかりとその役目を果たしてくれたようだ。

あれだけガチガチだった円花が、あの頃のように無邪気に笑っている。

「……」

……笑ってりゃ可愛《かわい》いんだから、ずっと笑ってればいいのに。

口にしたら怒られそうだから、スプーンを咥《くわ》えながら思うにとどめておいた。

「それにしてもレンの部屋、あの頃からずいぶん変わったなあ」

「そうか？　なにも変わらないだろ」

「変わっただろ！　ほら、あそこに貼ってあったサッカー選手のポスターなくなってるし」

「……よく覚えてるなそんなの」

「そりゃ覚えてるよ、ゲーム機もなくなってるし、カーペットも変えたんだな……チャンプってまだとってある？」

「さすがに全部捨てたんじゃねえかな」

「なんだよー、久々にあの頃のマンガ読みたかったのになー、案外このへんとかに挟まってたりして……」

「そのへんエグいエロ本あるからやめとけ」

「ひっ!?」

「あるわけねえじゃん」

「……っ!?　……っ!?」

振り上げた拳《こぶし》をぷるぷる震わせる円花《まどか》を、俺は「けけけ」と笑ってやる。

よし、仕返し完了。

「円花、小さい頃からホントこういうのニガテだよなー」

「こっ、このっ……!?」

「で、そろそろ緊張はほぐれたか？」

「っ…………おかげさまで」

「そりゃなにより」

ずいぶん遠回りしたけど、やっと二人で冷静な話し合いができる状態まで持ってこられた。

だったらここからは――

「そろそろ本題に入ろう」

俺は円花に向かい合うように座り直し、円花は振り上げた拳をいったん膝《ひざ》の上に置いた。

「今日、俺の部屋にきてもらったのは他でもない、昼休みのことで誰にも聞かれず、二人きりで話し合いたかったからだ」

「……おう」

「まず今日の件については先に謝っておく、佐藤《さとう》さんに本当のことを伝えるのを後回しにしてたのは完全に俺が悪い、ごめん」

「過ぎたことだし、それはいいよ……それより今は」

「今後どうするかだな……」

「うーん……」

腕組みをして、うんうん唸《うな》る俺と円花。

自分で言うのもなんだが、二人とも考え事のポーズが壊滅的に似合わない。

「……正攻法で、アタシらが直接誤解を解いて回る、っていうのは？」

「そりゃ、それができれば理想だけど、たぶん余計に騒ぎが大きくなるだけだぞ」

「だよなぁ……そもそもどう説明する？　って感じだ」

「一人ずつ説明していくのも現実的には難しいだろうな」

「……じゃあ、わ、別れたってことにするのは……？」

「いや昨日の今日でそれは邪推されるだろ、お互いに変な噂《うわさ》を立てられかねない」

「そ、そっか、そうだよな」

「……？　円花《まどか》なんかほっとしてないか？」

「し、してねえよっ！　真面目に考えるぞ!?」

「あ、ああ……？」

両者再び、考えるポーズ。

……否、

「……」

円花はともかく、俺は考えるのではなく悩んでいる。

俺の頭に浮かんだある一つの方法……これを円花にどう伝えるべきか。

いやいい、言ってしまえ、難しい顔をしてうんうん唸《うな》るだけ時間の無駄だ。

「……円花、ひとつ聞きたいことがあるんだけどさ」

「？　なんだ？」

「お前、好きな人いるか？」

円花が噴き出した。

「な、なん、ななっ」

「つーか恋人いるか？」

「なななな、なんで今ぁっ!!　そんなこと大真面目な顔で聞くんだよっ!!」

「真面目な話だからだよ、必要なことなんだ」

「……っ!?」

真っ赤な顔で口をパクパクして、まるで金魚だ。

今にも爆発寸前、あと少しで拳《こぶし》が飛んできそうな雰囲気すらある。

しかし円花がこの手の反応をするのは織り込み済み。俺は自らの身を危険に晒《さら》してでもなお、確かめなければいけない。

「気になるヤツ、好きなヤツ、恋人、いるか？」

追撃。

「うっ……ぐぅ……!?」

円花はぐるぐる目を回しながら、何度か複雑に表情を歪《ゆが》めたのち——

「いっ、いねえよ!!　予定もねえしっ！」

「――よし、じゃあ付き合うか」

「嫌だっ!!」

「うるさっ!!」

鼓膜がブチ割れるかと思った。

「お、おい円花《まどか》っ！　声デケェよ!?」

「れれれれレンがいきなり変なこと言うからだろうがっ!!　じゃあ!?　じゃあって……！」

「ちょっと待て!?　俺の話を……」

「いくらアタシにいい相手がいないからってそんな流れみたいな告白にOK出すわけないだろ!!　告白するならちゃんとしろ!!　ちょっと顔がいいからって調子に乗るなよ!!　バカっ!!　ボケ!!　クズ!!」

「うるさっ!!」

恥ずかしがっているのやら怒っているのやら、円花はもうパニック状態だ。

こ、こうなるのが分かってたから言うの迷ってたんだよ！

「待て！　円花いったん落ち着け！　俺の話を聞け!?」

「フウウウウ……ッ!!」

怖っ!!　虎《とら》!?

その右手に握りしめたスプーンで何するつもりだよ！

「落ち着けって！　本当に付き合うんじゃなくて付き合うフリだ！」

「付き合う、フリ……？」

「いいか？　まず俺に恋人はいねえし当分作る予定もない！　そしてそれは円花も同じだ！

ここまでは分かるよな!?」

「そ、そうなのか……」

なんでちょっとしょんぼりしてるんだよ、ただの事実だろ。

いや、それはともかく。

「で、さっきも言ったが直接誤解を解いたり、別れたことにする方法は得策じゃない！　今が一番注目されてるタイミングだからな！　なら——しばらくは付き合ってるフリをすればいい！」

偽装結婚ならぬ偽装交際、とでもいうべきか。

俺の作戦とは、偽りの関係性を解消するのではなく、あえて嘘《うそ》を貫き通すことだった。

「俺と円花が本当に付き合ってるってことにして、ほとぼりが冷めるまで待つ！　時期がきたら自然消滅ってのが俺の作戦だよ！」

「そんな馬鹿《ばか》なことっ……！」

「現実的な手段だろ!?　おまけにこのプランなら今後周りから『どうして恋人作らないの？』

とか『いい人紹介しようか?』みたいな！　そういういらんお節介も焼かれなくなるぞ！」

「……たっ確かに!?」

思った通り、円花《まどか》はこの提案に食いついてきた。

伊達《だて》に幼馴染《おさななじみ》をやっていない。円花も常日頃からこの手のお節介に煩《わずら》わされているのは、手に取るように分かる。

「で、でも付き合ってるフリってのは……！」

「他人の色恋沙汰《ざた》なんてどうせ皆すぐに飽きる！　少しの間だ！　ほんの少しの間、人前でそれっぽく振る舞うだけでいい！」

「う、ううう、うう……っ!!」

円花が激しく葛藤《かっとう》している。

「レンの言うことも一理ある」という気持ちと「そんなこっぱずかしいことできるか」という気持ちがせめぎ合っているのだろう。

俺だってそういう感情がないと言ったら嘘《うそ》になる。

でも……、

「俺はただ普通に過ごしたいだけなんだよ」

これもまた、嘘偽りない俺の本心だった。

「注目されたくない、干渉されたくない、誰からも束縛されたくない、そこそこうまくやれてそこそこ楽しい、程よい距離感の……そういう立ち位置でいたいだけなんだ」

「……レン」

　ここで俺、少し憂いを帯びた表情を作る。

「とはいえ元は俺のせいだからな、円花がイヤなら無理強いはしないし別の方法だって考える。……でも一つだけ言わせてもらえると、こんなこと頼めるのは円花しかいない」

「……………うっ　うう　う　うぅ――――……っ」

　……よし、あとひと押し、最後は「誠実」だ。

「頼む円花、力を貸してくれ」

「ぐ……く……く…………っ」

　円花は難しい顔で何度か呻《うめ》いたのち、苦しそうに言葉をひねり出した。

「……たっ、確かに現状、それ以上の案は思い浮かばねえし……」

「……おお」

「アタシだって誰かから余計なお節介を焼かれるなんてまっぴらだ……」

「おおっ」

「それに、コハルにウソを吐《つ》いたって思われるのも……イヤだ……」

「ってことは」

「しっ……仕方ねえ！　仕方ねえからっ！」

円花《まどか》は、まるで世界を救う決断でもしたみたいに、猛然と立ち上がって宣言した。

「――仕方ねえから付き合ってやるっ！　フリだぞ⁉　付き合ってるフリだからなっ⁉」

そう言う円花は顔中真っ赤で、今にも爆発しそうだったけど……

とにかくこちらの提案を呑《の》んでくれた。

俺は内心ガッツポーズを作る。

「……ありがとうな円花、やっぱお前は頼れる幼馴染《おさななじみ》だ」

なんてしらじらしい台詞《せりふ》……。

自分で言っておきながら笑ってしまいそうになったが、笑わない。

いつだって女子を丸め込めるのは、こういうこっぱずかしいことを真顔で言えるヤツだけだから。

「お、おう……レンの頼みじゃ仕方ないからな……うん、仕方ない……」

円花は自らに言い聞かせるように、赤い顔で何度も頷《うなず》いた。

……成功する確率は五分五分だった。

円花がパニックを極めて俺の話に一切耳を貸してくれない、その可能性もおおいにあった。

だからこそ俺は本気で円花を説得して、そして賭《か》けに勝ったのだ！

「よし、それならこの話は一件落着だ」

この時の笑みは自然とこぼれたものだった。

ここ最近の俺はやることなすこと裏目裏目で、正直ほんの少し自信を失いかけていたが……。

これだよこれ、本来の俺はこうだ！

ようやくいつもの調子を取り戻せてきたぞ！

「ってなわけで、これからもよろしくな円花！」

俺は円花に右手を差し出し、握手を求めた。

——この握手をもって、俺の平凡で完璧《かんぺき》なる日常が帰ってくる。

いや、それどころか円花と恋人のフリをするだけで、以前にもまして素晴らしく平凡な日常になるんだ。

まったく、我ながら冴《さ》えている。

転んでもただじゃ起きないとはまさにこのことだな、けけけ。

「……」

差し出した右手へ、円花も自らの右手を伸ばす。

……見てろよ、無駄に囃《はや》し立てたクラスの野次馬連中め。

ほとぼりが冷めるまで、俺と円花でお前らを欺《あざむ》ききって、腹の底では笑ってやるからな。

そんな暗い衝動を胸に、交渉成立の握手を交わそうとした——次の瞬間。

「……っ！」

「えっ」

思考が停止した。何が起こったのか理解できなかった。

少なくともそれは、握手ではない。

円花《まどか》は伸ばした右手で無理やり俺の右手をこじあけて、そのまま指を絡めてきたのだ。

更に間髪《かんはつ》容れず、嚙《か》みつくようにがっちりロック。

そして完成——恋人繋《つな》ぎ。

「なっ⁉」

「——恋人のフリ！　すんならっ‼」

俺が何か言い出すより先に、円花が声を張り上げた。

見ると、円花の顔は今までに見たこともないほど濃い、羞恥《しゅうち》の色に染まっていて——

「恋人の練習しなきゃダメだろっ⁉」

「こっ、恋人の練習っ⁉」

聞きなれない単語に、俺の直感が警鐘を鳴らす。

まずい！　急に雲行きが怪しくなった‼

「い、いやいやっ！　あくまでフリなんだし何もそこまでしなくたって……！」

「やるなら徹底的にやる！　バレたら元も子もないだろっ⁉」

「うっ……⁉」

自分から提案し、なおかつ協力してもらっている手前、強く拒否できない！

「練習……これも練習だ！　そうだ、うん……練習だから……！」

円花は自らに言い聞かせるように言って、右手にぎゅううと力を籠《こ》める。

絶対に逃がさないぞという強い意志と、焼けるような羞恥の熱が指先から伝わってきた。

う……裏目……!?

まさかこれも裏目なのか!?

「れ、レン……！　ぜってー照れたりするなよ！　これはあくまで練習なんだから……！」

「照れるな、って……」

そう言う本人が一番照れている。

伏した目は行き場を見失って、顔は燃えるように紅《あか》い、声も情けなく裏返っていた。

いつもの勝気な彼女はどこへやら、こんなにも露骨だとこっちまでもらい照れしかねない！

「というかこれ、どうなったら終わりなんだよ……!?」

「………と、とりあえず10分」

「じゅっぷん!?」

10分もこのまま!?

「そっ、そんなの本物のカップルだってしな……」

「……ッ！」

「……!?」

虎《とら》のような目でぎろりと睨《にら》まれ、強制的に黙らされる。

「よ、余計なこと喋《しゃべ》るな……！　練習の意味がなくなるから……！」

「うっ……」

従うほかないらしい。俺は抵抗を諦《あきら》める。

「…………」

「…………」

……お互いに向き合って座ったまま、無言で、恋人繋《つな》ぎ。

傍《はた》から見ればさぞや奇妙で、間抜けな光景だろう。

これを10分間？　正気か？

というか円花《まどか》……

「……」

……にぎにぎするなっ……！

お互いの手の繋ぎ目を凝視しながら、にぎにぎするな……！

男の手を触るのは初めてか？　そんなに珍しいか？　それとも案外ムッツリなのか？

なんにせよそんな興味津々な眼差《まなざ》しで、にぎにぎするな……！

指の節の引っ掛かりを、手の甲の滑りを、手のひらの温度を。

じっくり確かめようとするな……！

「……」

円花《まどか》はその行為に夢中で気が付いていない。

自分が今、相当に恥ずかしいことをしていると。

というか恥ずかしいを超えて「ちょっとエロい」まで踏み込んでいることを。

……ぶっちゃけこれ、キスとかそういうのよりよっぽど背徳的なことをしているんじゃ？

「……」

「……」

ファンヒーターの吐き出す熱風と、お互いの息遣いと、時たま聞こえる衣擦《きぬず》れの音だけが室内を支配している。

よくない、これは本当によくない。

こんな状況、いやでも右手に意識を集中してしまう。

円花のたどたどしい、くすぐったいような指遣いに意識を持っていかれてしまう。

「……」

てか円花、指ほっっっっそ。

当たり前だけど感触が完全に女の子だ、体温も少し高い気がする……。

……じゃない！　冷静になれ！

円花は幼馴染《おさななじみ》だ！　小さい頃からの親友だ！　そういう対象として見たことはない！

だから気にしちゃいけないんだ。

円花の手がじっとり汗ばんで、徐々にお互いの手の境目が分からなくなってきていることも

……！

「――っ!?」

何事か、円花がいきなり弾《はじ》かれたように手を引っ込めた。

なんだ？　まだ3分も経《た》ってないぞ？

「……っ！　……っ!?」

「……？」

頭に疑問符を浮かべる俺を差し置いて、円花は部屋の中をきょろきょろ見渡すと……、

テーブルに置かれたウェットティッシュの容器を発見して、これに飛びついた。

……ああ、なるほど。

「よっ、よく考えたら10分もやる必要はないよなっ!?　あはは……！」

円花は笑ってごまかしながら、ウェットティッシュをスポスポスポと引き抜いている。

……なんというか、反応が女の子すぎる。

「れ、レンも使えよ！　ほら！」

「え？　俺は別に……」

「……この時期、ウイルスとか怖いだろうがよ……」

「わ、分かったからそんな睨《にら》むなって……」

こんもり盛られたウェットティッシュの山を受け取り、俺も手を拭《ふ》く。

……なんにせよ、危機は去ったようだ。

俺は内心ほっと胸をなでおろす。

あー危ない危ない、もう少しで円花《まどか》相手に変な気分になるところだった。

偽装のつもりが本気になるなんて笑い話にもならない。しっかりしろ俺、こんなんじゃ颯太《そうた》のことを笑えないぞ。

まっ、いずれにせよ——

「とりあえずは俺の勝ちだな」

別段、煽《あお》るような意図はなかった。

ただ単に事実を確認するための、何気ない呟《つぶや》きのつもりだった。

「……あ?」

しかし円花はそれを聞き逃さなかった。

「それどういうことだよ、レン……」

「え?　どういうって……だって円花、ギブアップだろ?」

「……違う、10分も手を繋《つな》ぐ必要はないと思っただけで……」

「自分で言い出したのに?」

……ところで俺はすっかり忘れてしまっていたのだ。

俺と円花は、幼い時分からありとあらゆることを競い合った。

スポーツ、勉強、テレビゲーム、果ては早食いや自由研究（結局勝敗のつけようがないので引き分けに終わったが）まで。

その度に俺は、思い知ったはずだ。

「あぁ!?　照れてねえからセーフだろっ!!」

村崎《むらさき》円花という人物が、大の負けず嫌いだということを。

そして同様に。

「はぁ!?　思いっきり照れてただろ!?」

さあ、こうなったらもう収拾がつかない。

俺も彼女に負けないぐらいの、負けず嫌いであるということを。

「アタシがあれぐらいで照れるわけねえだろ！」

「嘘《うそ》吐《つ》くなよ！　あんな顔真っ赤にして手汗もびしゃびしゃで……」

「うぉいっ！　デリカシーないのか!?」

「へえ、頭悪いくせにそんな難しい単語よく知ってたな」

「テメっ……!?　アタシと同じぐらい馬鹿《ばか》のくせして！　つーかレンも照れてただろうが!!」

「俺が!?　冗談言うなよ！　なんで円花なんかに……」

「言ったな⁉　じゃあレンはアタシが何しても照れないんだな⁉」

「はは、当たり前だろ、おねしょしてた頃から知ってんのに」

「こんのっ……！　聞いたからな⁉　だったら――」

売り言葉に買い言葉。

円花《まどか》は怒り心頭、俺に指を突き付けて、

「――勝負だ！　先に照れた方が相手の言うことなんでも聞け！」

言うことなんでも聞け、ときたもんだ。

俺は鼻で笑う。やっぱり円花はあの頃と何も変わっちゃいない、こんな幼稚な勝負を持ちかけてくるぐらいだから。

そして、

「いいぜ、どーせ俺が勝つけどさ」

それに乗っかる俺も大概である。

――かくして急遽《きゅうきょ》、俺と円花による照れさせ対決（バカみたいな名前だ）の火ぶたが切って落とされた。

もはや「偽装交際の練習」という名目からはずいぶん離れたところへきてしまった感があるが、これぱっかりは仕方がない。

俺と円花、お互いのプライドを賭《か》けた戦いである――。

「愛してるゲーム」をご存じだろうか？

ずっと昔、俺が生まれるより前に作られたゲームらしいが、その人気は未《いま》だ根強い。

ルールは非常に単純。

相手の顔を見て愛の告白をする、照れたり笑ったりした方の負け、以上。

なんの道具も前準備もいらない。俺が知る限りこの世で最もくだらないゲームだ。

そして俺と円花の勝負は、要するにこの「愛してるゲーム」の変形であった。

——先行　俺。

「ふう……」

俺は仏頂面の円花に正面から向き直って一つ深呼吸をする。

……さて、この「愛してるゲーム」、一応必勝法らしきものは存在する。

それはとにかく恥ずかしがらないこと。

元も子もないように聞こえるが、恥ずかしがっていたらどんな言葉や仕草だって威力半減だし、最悪自滅の恐れもある。

勝つために必要なのは「どれだけこっぱずかしいことを、どれだけ真面目にやれるか」……この一点に尽きる。

だから俺はただ勝つため、恥ずかしいことを真剣にやりきる。

俺は円花《まどか》を壁際に追い詰めて「ドン！」と音が鳴るぐらい勢いよく、片肘《かたひじ》を壁についた。

円花の全身が俺の影に呑《の》み込まれるほどの超至近距離……

俗に言う、壁ドン。

これにはさすがの円花も「ヒぇ」と情けない悲鳴を漏らす。

そして俺はもう片方の手で、石みたくガチガチになった円花に「顎《あご》クイ」を決めて……

「──円花って、よく見ると可愛《かわい》い顔してるな」

「ひっ」

そんな短い悲鳴が、降参の合図だった。

いつも何かを威嚇《いかく》するような円花の鋭い眼差《まなざ》しが、今この時ばかりは小動物のように丸く見開かれて、間もなく全身が紅潮する。

それはもう、上から赤いペンキでも塗りたくられたかのように。

「……」

そしてこちらを見上げたまま、ずるずると、その場にへたりこんでしまった。

──はい、俺の勝ち。

俺はいよいよ堪《こら》えきれなくなって吹き出す。

「あはははは！　こんなベタなやつでガチ照れしてやんの！　意外にピュアだな円花？」

「うぐっ……くくっ……!?」

円花が振り上げた拳《こぶし》をわなわなさせているが、腰の抜けた状態では殴れなかろう、けけけ。

まずは俺の一点先制。


——後攻　円花。


「……」

まず、はじめに熟考から始まった。

長い長い熟考……

そろそろ声をかけようかと思った頃、円花は頰《ほお》を染めながらおもむろに、

「……レン、座ったままそこ動くなよ、絶対だぞ」

円花はそう言って、おずおずと俺の隣へ移動する。

さて、一体何を仕掛けてくるのやら……。

そう思ったら、円花は身体《からだ》ごと俺の方へ傾けてきて、

「……ん」

ぽす、と。

実に控えめに、俺の肩へ頭を預けてくる。

「……」

「……」

「…………」

「…………」

「……………………えっ⁉　終わり⁉」

「うるさいっ‼」

しなだれかかったまま怒鳴りつけてきた。

い、いや、だって……これ⁉　俺がさっきやったことに対する仕返し、これ⁉

俺を本気で照れさせようと思って、本気で悩んで、挙句やることが、これ⁉

あ、ダメだ、想像したら。

「あはははははははははははっ！」

「なっ、なんで笑うんだよっ⁉」

「だ、だって……ある意味可愛《かわい》いけど、可愛いけどさ……！」

「か、かわ……⁉」

「ヒィ――――っ照れとる！」

「っ……⁉　どっちにせよ先に笑ったのはレンだからアタシの勝ちだぞ⁉　分かってるな⁉

おいレン！　聞けコラ⁉」

「は、腹よじれる……」

「笑うのやめろっ！」

円花《まどか》、一点奪取。

続いて、再び俺の番。

「円花、先に言っておくけど絶っっっっっ対に動くなよ、いいか？　絶対だぞ」

「お、おい待てレン……なんだその手……!?」

「暴れて落ちても知らないからな俺は」

「暴れて!?　落ちても!?　待て待て待て!!　本当に何するつもり……!!」

問答無用。俺は勝つためならなんだってやる。

警戒する円花との距離を一気に詰めて、そして——

「よっと」

思いっきり抱え上げた。

——俗に言う、お姫様抱っこである。

「ぎゃあ————っっ！？！？！？」

いきなり高くなった視点のせいか、高校生にもなって赤ん坊みたいに抱きかかえられたせいか、それとも密着状態から至近距離で見下ろされるこの体勢のせいか。

いや、多分全部だろうな。

案の定、円花は勝負のことなんか忘れて絶叫していた。

「ちょ待って無理無理無理重い重い重いって無理無理無理っ!!」

「別に重くねえなー」

円花《まどか》は平均的な女子に比べれば身長も高いし、華奢《きやしや》ってほどでもなく、むしろ女性的な体つきだけど、それを差し引いても容易《たやす》い。

てか、お姫様抱っこって生まれて初めてやったけど案外できるもんだなー。同じ重量のものを持ち上げろって言われたら相当キツイだろうに、不思議だ。

あと勢いよく持ち上げたせいか、ふわっと甘い香りまで一緒にのぼってきた。

シャンプーだかボディソープだか香水だかヘアオイルだかミストだか知らないけど、とにかく女子って感じの匂《にお》い。

「レン！　下ろせ！　下ろせって！」

「まだ勝負はついてないだろ～」

俺は意地悪く笑う。

円花も本来なら全力で抵抗したいところだろうが、そうすると落っこちてしまう。だから身じろぎもできず、せめて俺の腕の中で身体《からだ》を縮こまらせることしかできない。

あの円花も、こうなってしまえば可愛《かわい》いものだ。

「わわっ、分かった！　分かったから！」

「何が分かったって？」

「降参っ！　降参だから!!　今回はアタシの負けでいいから下ろせっ！」

「下ろせ？」

「お、おろっ、下ろしてくださいっ！」

とうとう円花が両手で顔を覆ってしまった。

あ〜楽しい、自尊心がみるみる回復していく。これ結構クセになるかもしれない。

——ちなみにしばらく経《た》って解放された円花が、その場にしゃがみこんで、胸を押さえながら「はっはっはっ」と荒い息を吐き出していたのを見て、喉《のど》が引きつるほど大笑いしてしまい、その時はさすがに殴られた。

とにもかくにも、再び一点獲得。


——それからも俺と円花の変則「愛してるゲーム」は続いた。

頭ポン、耳元囁《ささや》き、バックハグ……

俺がどれだけ古典的で芝居がかったことをしても……、
いやむしろそれが笑っちまうぐらいベタな胸キュン仕草であればあるほど、円花は生まれて初めて少女漫画を読んだ女子小学生みたく、一二〇点の反応で悶《もだ》えまくり。

そして自分の番となれば、ぎこちないウインクや袖《そで》つかみ、よくて腕組みなど、その程度の攻めしかできない始末、俺の勝利は確実なものと思われた。

……が、意外や意外、接戦である。

それというのもこの勝負、「先に照れたり笑ったりした方が負け」なわけで。

毎回律儀に照れまくる円花《まどか》はもちろんなのだが……俺も俺で、円花の逆に恥ずかしいぐらいウブな攻めに耐えきれず笑い転げてしまうため一進一退。

その結果、なんと同点だった。

お互い照れ疲れ、笑い疲れて、そんなことを繰り返しているうちにゲームと休憩の境目も分からなくなり……。

今、俺は体育座りになった円花に覆いかぶさる形で座って、テレビゲームをしている。

……俺、何してんだ？　っていうかなんで勝負してたんだっけ？

一瞬冷静になりかけたが、今はゲームの方に集中した。

なんてったって大事なクロアチア戦だ、前回の雪辱を果たしてやる。

「……このゲーム」

円花がおもむろに口を開いた。

「……昔やってたやつと同じか？」

少し考えて「昔」が小学校時代を指していることに気付く。

「ああそうだよ、あのゲームの続編、毎年新しいのが出るんだ」

「今のゲームってすごいな、映画みたいだ」

「まあな」

「そういえばあの頃も言ったっけな、家でも外でもサッカーして、どんだけサッカー好きなんだよって」

「……そうでもねえよ」

しくじったな、と思う。

この体勢、最初は「暖かくていいな」などと呑気《のんき》に考えていたが、ゲームがやりにくいだけでなく、肝心の円花の顔が見えない。よって照れているかどうかが分からない。

それを分かっているのか、円花は更に語りかけてくる。

「なあレン」

「なに？」

「……その、なんつーか、なんて言えばいいんだろ……」

「なんだ歯切れ悪いな」

「こっ……こういうことって他の女にもやるのか……？」

「ああ？」

こういうこと、の意味が分からず眉《まゆ》をひそめた。

とぼけているわけではなく、本当になんのことか分からない。

「どれのことだよ」

「全部……」

「全部？」

「だ、だっことかっ！　顎《あご》くいってやるやつとか！　全部!!」

「……？　なんでそんなこと聞くんだよ？」

聞き返すと、円花《まどか》の声がいっそう小さくなった。

「いやっ、なんつーか慣れてる感じがしたから……普段からこういうことやってんのかと、思って……レンってすげーモテそうだし……」

「ああ」

なるほどそういうことか、ようやく得心がいった。

要するに「俺ばっかり慣れているなら不公平な勝負だ」と、そう言いたいのだろう？

納得したうえで、鼻で笑った。

「ああモテるぜ？　そりゃあもう、しっかりめにモテる、なんせこのルックスに男女分け隔てなく接しやすい性格、スポーツもうまいしファッションセンスもあるときた」

「……自分で言うなよバカ」

「だけど円花以外にやるわけないだろ、こんなこっぱずかしいこと」

今どき顎クイ壁ドンお姫様抱っこて、俺はそんなキャラじゃないんだよ。

気心知れた幼馴染《おさななじみ》だからこそおふざけでやれる、そうに決まってるだろ。

だから残念ながら、この勝負はフェアだ。

そういう意味で言ったのだが……

「そ、そっか」

「……？」

心なしか、円花の声が弾んでいた。

……うん？　思っていた反応と違うぞ？

表情が見えないのがもどかしかった。

つーかいい加減に足が痺《しび》れてきた、そろそろこの体勢も……。

「……レンはさ、なんであの時、双須《そうず》の手を払ってくれたんだ？」

「ああ？」

あまりにも脈絡がなさすぎて、再び眉間《みけん》に深いシワが刻まれた。

「今度はなんだよ？」

「いいから、答えてくれよ」

「はあ……」

もちろんそのこと自体は覚えている。

円花が言っているのは、昼休みにカワコーの双須勝隆《かつたか》と邂逅《かいこう》した時の話だ。双須が何気なく円花の肩に置いた手を、俺は咄嗟《とっさ》に払いのけた。

思い返せば、あれがなければ事態はここまでひどくならなかったのかも。

そして今はその理由を問われているわけだが……。

「……わかんね」

適当な理由が見つからないし偽る理由もないので、ここは正直に答えることにした。

「しいて言うならなんとなく嫌な感じがしたから?」

「……嫌な感じ?」

「なんとなく、なんとなくな、双須《そうず》はウザイけど多分悪いやつじゃねーし……俺もしょーじきよく分からん」

「そっか」

「……」

「……」

自分から聞いてきたくせに、それ以降円花《まどか》は一言も喋《しゃべ》らなくなってしまった。

なんだ? なにを企《たくら》んでる? 表情が分からないのが余計不気味だ。

あっくそ、一点取られた、向こうの守備硬すぎるだろ。

「……にしてもあれだな」

しびれを切らして、今度は俺が攻めへ転じることとした。これはゲームの中の話ではなく、
俺と円花の「ゲーム」の話。

「円花は本当に弱いよなー、ちょっとからかったぐらいで顔真っ赤にしてさあ、そんなんじゃ本当のカレシができた時に苦労すんじゃねえの？　けけけ」

「……」

「キスとかできんのか〜？　キスしたことないだろ？　顔と顔を近づけるんだぜ？　無理そ〜、円花直前になって相手のことはっ倒したりしそうだよな、あははは」

見え透いた挑発だ。

さあ怒るか？　顔を真っ赤にして言い返してくるか？

ちっ、クロアチアの守備硬すぎんだ……ろ？

「ヴっ」

口から変な声が漏れた。

いや、声というよりは肺そのものが震えて生じた音という感じだ。

それというのも円花が椅子《いす》をリクライニングするみたく、勢いよく後ろへ倒れてきたから。

予想だにしなかった攻撃に、俺はコントローラーを取り落として仰向けに倒れる。

「な、なにす……？」

その先の言葉は封じられた。

円花の細くて汗ばんだ指が、俺の唇の形を歪《ゆが》めている。

あまりに突然すぎて、動画を早送りするみたく何秒か時間が飛んだのかとさえ思った。

——円花《まどか》が俺に馬乗りになっている。

「……は?」

円花の脚が、仰向けになった俺の胴体を挟み込むように開かれている。重力に従って垂れ下がったスカートが、暗幕みたくズボンにかかっていた。

円花の腕が、片方は俺の唇に、そしてもう片方は俺の肩を押さえつけている。

円花の顔が、すぐそこにある、俺の顔に濃い影を落としている。

この時の円花の表情は……とても言葉では言い表せなかった。

怒っているようにも見えるし、笑っているようにも楽しんでいるようにも見える。照明が逆光になっていて正直よく分からない。

確実なのは、その吐息と眼差《まなざ》しがかつてないほど熱を帯びていることだった。

「まどか……?」

頭の中が真っ白になる。まるで夢の中みたいだ。

目を逸《そ》らせない、瞬《まばた》きができない、苦しいぐらいに胸が鳴って、喉《のど》が渇く。

どうするのが正解なのか、まるで分からない。

そんな俺を見下ろして、円花は囁《ささや》くように言った。

「——試してみるかよ」

試すって、何を。

聞き返すことはできなかった。

何故《なぜ》なら、俺の脳は間抜けにもその時やっと自分が「押し倒されたのだ」と認識したから。

そして円花は、ゆっくりと、顔を——


——どばん！

すさまじい音を立てて俺の部屋のドアが開かれた。

そしてバカみたいな大声をともなって、ヤ、ツ、が部屋の中へ飛び込んでくる。

「——やっほおおおおおおおおい！　愚弟よ！　偉大なる姉貴が新年会から無事生還したぞおおおおおおおおおっ！」

「!?」

「っ!!」

赤ら顔の姉ちゃんが部屋へ飛び込んできた勢いそのままに、俺のベッドへダイブする——

そのコンマ数秒の刹那《せつな》に。俺と円花は弾《はじ》かれたように動き出した。

姉ちゃんがベッドの上でばうん！　と跳ねて、

「あれぇっ!?」

素早くこちらを見る。

しかし姉ちゃんが顔を上げた時、すでに俺たちは距離をとって座り直していた。まさしく神速だった。

「えっ!?　円花《まどか》ちゃん!?　なしてここに!?」

「し、ししし雫《しずく》さん……！　お久しぶりですお邪魔してますっ……!?」

「ね、姉ちゃんちょうどよかったな……今日は円花が久しぶりに遊びにきてんだよ……！」

「…………てか今チューしようとしてなかった？？？」

「……」

「……よ、酔ってたんだろ……」

「えーそうかな？　私今日は珍しく一次会で切り上げてきたんですけど？　比較的正気なんですけど？　確かこう円花ちゃんがレンを押し倒すような感じで……アッ!?　フルーツポンチだ！　ちょうどさっぱりしたの食べたかったんだよね～！　いただきま～す！」

幸いなことに、姉ちゃんの興味はすでにテーブルのソレに移ってしまったらしい。それ以上追及されることはなかった。

……口から心臓が飛び出るかと思った。

すっかり炭酸の抜けた余りもののフルーツポンチを幸せそうにかきこむ姉の横顔を見て、俺はほっと胸をなでおろす。

今日ほど……

今日ほど姉ちゃんの酒癖《さけぐせ》の悪さに感謝したことはない……。

なんの気なしにテレビ画面を見ると、俺のチームはクロアチアに圧倒的な点差をつけられて負けていた。

雪辱、果たせず。

……ちょっと待て。

姉ちゃんが忘年会から帰ってきたということは……!?

「うわっ!?　もうこんな時間なのか!?」

「……あっ!?」

俺は時計を見るなり悲鳴をあげてしまい、円花もまたそれに続いた。

時刻はとっくに20時を回っていた。円花が俺の部屋へきてから軽く4時間以上経《た》つ計算になる。俺も円花もすっかり時間を忘れてしまっていたのだ。

「やっべえ……！　円花まだ緑川《みどりかわ》までの終電あるか!?」

「え、ええと、あと20分後……！」

「ちょっと早歩きで行けばギリ間に合う！　いくぞ！」

「わ、分かった！」

「姉ちゃん！　食い終わったら食器下げておけよ！」

「あい」

「あと部屋のもの勝手に触るなよ!?」

「わかりまちた」

あっ、これ食器は下げないし部屋のものも勝手に触られるな。

直感的に理解したけれど、強く言い含める時間も惜しかった。

「行くぞ円花《まどか》！」

「おっ、おう！　雫《しずく》さんもお邪魔しました！」

「またきてね～」

ひらひら手を振る姉ちゃんを残し、俺と円花は慌てて部屋を飛び出した。

何度でも言うが、円花の住む緑川《みどりかわ》はたいへんイナカなので、電車は一時間半に一本しかこないし、もちろん終電も早い。

仕方ないからタクシーで……なんてことができるような距離感でもないし、桜庭《さくらば》駅周辺に高校生が朝まで時間を潰《つぶ》せるような場所は一つもなかった。

加えてこんな真冬だ、終電を逃せば冗談抜きで命にだってかかわりかねない。

しかし……、

「……全然間に合ったな」

「ああ……」

急いだ甲斐《かい》もあってか、予定していたよりずっと早く駅に着くことができた。

まあ二人して雪道を全力疾走したせいで俺も円花もこんな真冬に汗ばんで、改札前でぜえぜえと息を荒くしているわけだけど。

「なんか今日、めっちゃよく眠れる気がするわ俺……」

「……アタシ、思ったんだけどさ」

「あ?」

「別にレンまで走る必要なかったんじゃねえの……？　電車に乗るのはアタシだけだし」

「はあ？」

円花のやつ、また変なことを言いだしたぞ。

「アホか、こんな時間に女子一人で帰らせるわけねえだろ」

「女子……」

よっぽど言われ慣れてないのか？　円花が噛《か》み締めるようにその単語を繰り返した。

あ、そうだ。

「それに、今はカノジョなわけだしな」

さっきのゲームの延長のつもりだった。笑わせるつもりで言った。

しかし、
なんだか微妙な反応が返ってきただけで、あまつさえ円花《まどか》はしおらしく目を伏せてしまう。

「おっ、おう……」

……ううん、今日は調子が狂いっぱなしだ。

「と、とりあえず、電車待つか……」

電車がくるまでまだ少し時間がある。ここまできて見送らずに帰るのもそれはそれで不自然なので、残ることに決めた。

しかしなんとなく気まずくなり、俺はスマホを取り出す。

走ることに夢中で気付かなかったが、颯太《そうた》からメッセージがきていた。

少し回りくどかったので、とりあえずかいつまむと以下の通り。

――こはるさんが俺に蓮《れん》と円花ちゃんを加えた四人でダブルデートをしたがっている。

ちょうど一週間後の水曜日、場所は円花ちゃんが帰りやすいよう桜庭《さくらば》駅前のボウリング場。

もしダメなら遠慮しないで断ってくれ――

「だってさ」

俺は送られてきたメッセージをそのまま読み上げ、口頭で円花に伝えた。

「……どうする？　俺が代わりに断っておこうか？」

一応確認のていを取ったが、円花は当然断るものと思っていた。

誘いが突然すぎるし、俺たちの偽装交際はほとぼりが冷めるまで続ければいいだけで、こっちからわざわざ周りに見せつけてやる必要なんてこれっぽっちもない。

第一、円花もダブルデートなんてガラじゃ……

「行く」

「いっ……行くぅ？」

思わず繰り返してしまった。

「なんで……？」

「別に……断ったらかえってアタシたちの関係を怪しまれるかもしれないだろ」

「いや、普通に急だからタイミングが合わなかったで通るんじゃ……」

「それにコハルが動物園の時に言ってただろ、『ダブルデートに興味がある』って」

「言っ……」

……てた、か……？

マズい全然覚えてない、というか円花の記憶力が良すぎる。

「アタシたちが付き合ってるフリしてる今しか、ダブルデートはできないだろ」

「いやまあそれはそうかもだけど……でもわざわざ……」

「それにアタシたち、ただでさえコハルを騙《だま》しちゃってるわけだし……せめてそれぐらいは付き合ってあげたい」

「うっ……」

それを引き合いに出されると何も言えない。

にしたって律儀すぎる気もするが……いや、でも……。

罪悪感と面倒臭さを天秤《てんびん》にかけて頭をひねっていると、円花《まどか》がぽつりと言った。

「……約束、破るのかよ」

「約束？　なんの話だ？」

「先に照れた方が相手の言うことなんでも聞く、だろ」

「……あ」

それはさっきまで俺と円花がやっていた、変則「愛してるゲーム」の取り決めだ。

しかし、

「い、いやいや！　だとしても同点だっただろ!?」

ゲームの決着はまだついていないはずだ！　百歩譲ってダブルデートはいいにしても、そっちは納得がいかない！　どうして俺が当然負けたものとして話が進んでいるのか——

「……さっき照れてただろ、アタシの勝ち越しだ」

「あ……！」

そうだ、最後の一点。

さっき姉ちゃんが俺の部屋へ飛び込んでくる直前の、あのくだり。

俺が何か言い出すより先に、円花は悪戯《いたずら》っぽくにひっと笑って、ひらりとかわすように改札へ滑り込む。

「……」

「んじゃ、ボウリング楽しみにしてるから、見送りありがとなー、レン」

そして振り向きざまそれだけ言い残すと、たんたんと階段を下り、円花はホームへ消えた。

改札前に取り残された俺は、しばらくぽかんとその場に立ち尽くして……

そして、自分の後ろ髪をくしゃっと握り潰《つぶ》す。

「く、くっそ……」

い、いい、してやられた。

まさかあの円花に、一杯食わされた。

悔しい……！　恥ずかしい！　最近で一番！

うら寂しい駅構内のありさまも手伝って屈辱倍増。俺は大声で叫ぶのを我慢するのに必死だった。

きょ、今日がたまたま厄日なだけだ……！

たまたま、何をやってもうまくいかない、そういう日だっただけだ……！

「ラーメンでも食って帰ろう……」

ひとまずそうして自分を慰めることとして、俺はとぼとぼ帰路についた。

ちなみに、ちょうど俺が帰り始めたぐらいのタイミングで外が吹雪《ふぶ》き始めて、凍えながらもやっとの思いでたどり着いた行きつけのラーメン屋は臨時休業。

へとへとになって家に帰ると、俺のベッドで姉ちゃんがいびきをかいていた。

枕元《まくらもと》には——どこから引っ張り出してきたのか——昔のチャンプが読みかけの状態で置かれていて、食器は当然のごとく片付けられていなかった。

マジで呪《のろ》われてるかもしれん。

◆

今日はよく眠れる気がする——とレンが言っていた。

その通りだな、電車に揺られながらアタシはしみじみ思う。

なんなら車内に効いた少し強めの暖房と、この揺れ、そして全身を満たす心地よい疲労感のせいで今にも眠ってしまいそうだ。

……楽しかった、というよりも確信し、安堵《あんど》した。

どうやら蓮《れん》は、クリスマスイブのあの日、自暴自棄になったアタシが電話でどれだけとんでもないことを口走ろうとしたのか、気付いていないらしい。

だって気付いていたら、ツッコまないはずがない。

——いくらアタシにいい相手がいないからってそんな流れみたいな告白にOK出すわけないだろ!!　告白するならちゃんとしろ!!

「……ふっ」

アタシは自分の発言を思い返して、つい噴き出してしまった。

なにが「告白するならちゃんとしろ」だ。全部自分のことじゃないか。

いや、違う。

あの時のアタシは一時的におかしくなっていただけだ。あれはアタシの本心じゃない。

でも、あれが原因でレンと気まずくなったらどうしようと考えたら、夜も眠れなかった。

結果的にはアタシの思い過ごしだったことが分かったけど……

不謹慎ながら、爆弾には少しだけ感謝している。

ああ、それにしても……

「……楽しかったな」

この心地よい疲労感の理由は、やっぱり楽しかったのもある。

窓の外に流れる光の粒が、少しずつその数を減らしていくのを眺めながら、自分の頰《ほお》が自然と緩んでいるのが分かった。

車両にはアタシしかいないから誰かに見られる心配もない。

……うん、楽しかった、本当に心からそう思う。

ここ数年のアタシが一日の終わりに考えていることなんてせいぜい「疲れた」「やっと終わった」「明日のために早く寝て疲れをとらないと」……。

でも今のアタシは、この一日が終わるのが惜しいと心の底から感じている。こんな感覚しばらく忘れていた。

本音を言えばもう少し桜庭《さくらば》にいたかったけど……いや、それはさすがに浮かれすぎか。

というか今日のアタシは全体的に浮かれすぎだ。

たとえば双須《そうず》の手をレンが振り払ってくれた時。

あんな状況だったけど、双須には悪いけど……正直飛び跳ねたくなるぐらい、嬉《うれ》しかった。

家に招かれた時も、本心では二つ返事でオッケーしたくなるぐらい嬉しかったし、
およそ五年ぶりに訪れたレンの部屋があの頃とほとんど変わってないのも、泣きそうなぐらい嬉しかった。

そして極めつけは、あのゲーム。

「……」

……ちょっと、いやだいぶ。

いや、死ぬほど恥ずかしかったよ。

死ぬほど恥ずかしかったけど、それ以上に楽しかった。

あんなくだらないことでムキになってレンと張り合っていると……ほんの少しの間だけど、あの頃に戻れた。

つまらなくてくだらない、緑川《みどりかわ》での生活を忘れることができた。

勿論《もちろん》、あれは単なるままごとみたいなもので、レンにとってはただのおふざけのようなものだと分かっているけれど、それでも……

「……あれ？」

ふと、なんだか自分が変なことを考えていることに気付いた。

……それでも？

ままごとでおふざけなのは当たり前だろ？

だってアタシとレンは本当は付き合ってなくて、あれは単なるゲームなんだから……。

でも、あれ？　うん……？

「……だめだ、眠い……」

どうやら眠さのあまりに頭が混乱しているみたいだ。

寝よう、少しだけ、緑川に着くまでの間。

ああ、なんにせよ。

「来週が楽しみだ……」

アタシはあの時握った手の感触を思い出しながら、しばしのまどろみに落ちた。

オフショット 判定負け

♠

「――俺と円花《まどか》、しばらくは付き合ってるフリすることにしたから」

翌朝、登校するなり「ちょっとツラ貸せ」と、ヤンキーしか言わないようなセリフとともに人気《ひとけ》のない別棟への渡り廊下まで拉致《らち》られたかと思えば、開口一番そう伝えられた。

付き合ってる、フリ……

蓮《れん》と、円花ちゃんが……

「……ええと、その」

「颯太《そうた》お前顔に出すぎ、別に友達だからって無理してコメント絞り出さなくていいから」

どうやら「これっぽっちも賛成していない」のが顔に出てしまっていたらしい。俺のバカ。

「最初から賛成してもらえるなんて思ってない、ただ皆の前ではそういうテイで話を合わせてほしいってお願いだ。特に佐藤《さとう》さんには本当のこと言うなよな」

「それはいいけど……これからどうするんだ?」

「そうだな、とりあえずほとぼりが冷めるまでは偽装交際を続けるかな」

「…………そっか」

「出てる出てる顔に出てるんだよ感想が全部」

果たして俺は今、どんな顔してるんだろう。

蓮《れん》は大きく溜息《ためいき》を吐き出し、前髪をくしゃっとやった。困ってる時の彼のクセだ。

「颯太《そうた》は真面目だもんな、そんな周りを騙《だま》すような真似《まね》やめろって言いたいんだろ?」

「いや、まあ、それも多少は思わないでもないけど……どっちかっていうと円花《まどか》ちゃんが……」

「?　円花がどうしたんだよ、ちゃんと納得してくれたぞ」

蓮が首を傾《かし》げている、とぼけている風でもない。

……まさか蓮、気付いていないのか?

人のことならあんなにもめざとく気付くくせに、本当に気付いていない?

円花ちゃんは、きっと、蓮のことを——

「……いや、それならいいんだ」

やめておこう。少なくとも俺の口から伝えていいことじゃない。

今の俺にできるのは、今までに散々蓮に助けられてきた分、今度は俺が蓮を助けてやることぐらいだ。

「——そういうことなら、分かった!　今回は俺が全力でサポートする!」

「ありがとな」

「……あっ⁉　でもそうなると来週のダブルデートどうする⁉　今からでも佐藤《さとう》さんに話してキャンセルしとくか⁉」

「いや、それはいい、なんでか知らないけど円花が乗り気だ」

「………へえ」

「なにニヤニヤしてんだよ気持ち悪い」

ああまずいまずい、俺はどうしてもすぐに顔に出てしまう。

「ま、話したいことっつーのはそれだけだ、来週はよろしく頼むぜ」

「ああうん、分かった！」

「じゃあ俺、ちょっと部室に用事あるから、また後でな」

「また後で！」

蓮はひらひら手を振って、その場を後にした。

……遠ざかっていく蓮の背中を眺めながら、俺は考える。

そりゃあ本音を言えば偽装交際なんて不健全だと思う。

そんなことをしたら余計話がこじれるんじゃないか？　とも。

でも、あの二人に限ってはもしかしたらいい方向に進むかもしれない……そう思えた。

……それにしても、

「あの二人がねえ……」

「――蓮《れん》君と円花《まどか》ちゃんがどうかしたの？」

「ヒッ」

喉《のど》の奥から悲鳴が漏れた。

こ、この声は……!?

「佐藤《さとう》さん!?」

いったい、いつの間に!?

俺の背後にニコニコ顔の佐藤さんが立っているじゃないか!?

「もう、やだなあ颯太《そうた》君！　佐藤さんなんて他人行儀だよ！　名前で呼び合おうって約束したじゃん！」

あ、ああ、しまった……気を抜くとまたクセで「佐藤さん呼び」を……。

……じゃなくって!?

「こはるさん……もしかして今の話聞いてた……？」

「？　ううん、偶然二人が話してるところを見かけたんだけど、聞き耳立てたらよくないと思って話し終わるまで離れて待ってたよ」

「あ、そ、そうなんだ！」

よ……良かった～～～!!

セーフ！　いきなり終わったかと思った！

「……颯太君『良かった～』って顔してる」

ギャッ！　また顔に出た！　俺のバカ！

こはるさんがじとーっとした目でこちらをねめつけてくる。

「……颯太君、もしかして私に何か隠し事……？」

「いやっ、そういうわけじゃ……！」

「…………浮気？」

「それだけは絶対にないからっっ!!」

「じゃあなんの話？」

「……ええと」

「浮気だ……」

「本当にそれだけは絶対違うからっっ!!」

いったい、俺はどうして神聖なる学《まな》び舎《や》でこんな大声をあげているんだろう。

ていうか俺、あまりにも隠し事が下手すぎる！

ほら！　佐藤さんのジト目がもう極まってきたよ！　超疑ってるもん！

「と、とにかく大丈夫！　そういうやましい話ではないから！」

「ホントかなぁ……」

「ホントホント！　ホントだから──」

「じゃあ、証明して?」

「しょ、」

証明……?

「ど、どうやって……?」

俺が聞き返すと、こはるさんは、なんだかわざとらしくキョロキョロとあたりを見回した。

渡り廊下に、俺とこはるさん以外に生徒の姿はない。

「誰も、いません、ねえ」

そしてまたわざとらしく、こはるさんが言った。

……ちょっと待って、まさか。

「こ、こはるさん、もしかしてですけど……チューさせようとしてます……?」

「…………………」

「だっ、ダメダメダメダメっ!!　ここ、学校!!　ね!?」

いや、そりゃ俺だってこはるさんとキスしたくないかって言われたらウソになるよ!?

でも、ここは学校!　神聖なる学《まな》び舎《や》!!

加えて昨日あれだけ恥をかいたばっかりなのに、こんなとこもし万が一でも誰かに見られでもしたら――!!

なのに、こはるさんは、

「はあ、浮気かぁ……」

「……!?」

ま、まさか……！

さすがの俺も感づく。

浮気を疑っていたのは、ブラフ!?　こはるさんの狙《ねら》いは最初から、これ!?

「…………」

アッ、もう間違いないね!?

もじもじしてるけど気持ち唇、尖《とが》ってるもんね!?

「もし本当に浮気されてたら、ショックだなあ私……」

「……う、う、ううううう、っ！」

しっ仕方ない、仕方ない仕方ない仕方ないっ!!

これも今まで蓮《れん》に助けられてきた、その恩返しの一環だ！

「っ！」

俺は覚悟を決めて、こはるさんに正面から向き直ると。

ちゅっ、と。

こはるさんの額に、当たるかどうかの軽いキスをした。

「こ、これでいいっ……!?」

というか、これでよくないと、困る。

今でさえ恥ずかしさで顔から火が出そうなほどなのだから――――！

「……ふ、ふふ、ふふふふ！　しょ――――がないなぁ颯太《そうた》君は！　今回は特別にこれで許してあげましょう！」

こはるさんが満面の笑みで、くるりと踵《きびす》を返した。

その足取りは軽やかに踊るようで、スキップ一歩手前といった感じだ。

どうやら、満足してもらえたらしい……。

「じゃあ私！　先に戻ってるからね！　颯太君も遅れないようにね！」

そう言い残してこはるさんは……本当にスキップをしながら、その場を立ち去ってしまった。

「は、はぁぁぁ〜〜〜〜っ……」

彼女の背中が完全に見えなくなったのち、俺は全身が萎《しぼ》むんじゃないかというぐらい、深く息を吐き出した。

「冬休みデビューこはるさん、強すぎる……」

おそらくはあれは一過性のものだと思う。

時間が経《た》てば、もしくは何かきっかけがあれば、いつものシャイで引っ込み思案な彼女に戻るのだろう。

でも、それにしたって、それまで俺の心臓が持ちそうにない……。

四枚目　ストライク

♧

颯太《そうた》を呼び出したのち部室へ寄って、教室へ向かう途中のこと……、

「……えっ!?　ウソウソウソウソっ!?　あれヒメちゃんじゃね!?　ミンスタグラマーの!?」

「噂《うわさ》には聞いてたけどマジでサクコー生だったんだ！　や、やばい握手握手！」

「あ、ああわわあわっ!?　ヒメちゃんさん!?　私、ミンスタフォローしてます！　いつも投稿見てますっ！」

「……わ～、ヒメのこと知ってくれてるんだ～うれし～ありがと～……ん？　ちょっと待ってその制服ー……」

「か、カワコーの制服がどうかしましたか……？」

「フツーにデザインいいじゃん!?　ちょっ、ちょっと待って！　制服……交換……ダンス……これだ!!　次のミンスタ更新ネタ決定!!」

「？？？」

「……君たち、ちょっとヒメと一緒にバズってみない～？」

例のお姫様が、純朴な緑川《みどりかわ》娘たちを言葉巧みに承認欲求の沼へ引きずり込む場面に遭遇してしまった。

朝っぱらから嫌なもん見たな……。

しかし、どうもこれはここに限った光景ではないらしい。

「ねえねえっ緑川だと何が流行《はや》ってるの!?　音楽とかどういうの聴く!?」

「桜庭《さくらば》ってこんなにカフェあるの!?　緑川はおばあちゃんがやってる喫茶店が一つあるだけだから……うわあ今度の週末一緒に行こうよ！」

「ええ――っ！　サクコーってパソコン部あるの!?　お、俺、今から転校しようかな……」

校内の至るところで、サクコー生とカワコー生による学校間交流が発生していた。

男子も女子も、一年も二年も三年も関係ない。下手したら文化祭より盛り上がってそうだ。

まあ、それもそうか。

今まで全く異なる環境で生活してきた共同体が、いきなり交じり合ってしまったのだ。

先生たちも、もはや制御することを諦《あきら》めてしまったらしく、学校中お互いの会話を聞き取ることすら困難になるぐらい、たいへんな騒ぎだった。

あわよくばこの騒ぎで昨日の俺の件がうやむやになっていればいいのだが……。

「よ――――っすレンレン！　昨日部活サボってカノジョとデートに行ってたんだって!?」

……そううまくはいかないようだ。

この声はサッカー部の佐野《さの》。

俺は万の溜息《ためいき》を嚙《か》み殺して、いつもの「明るく人当たりがいい三園蓮《みそのれん》」を演じ切る。

「ははっ、わりーな、おうちデートかましてやったわ」

「おおおおおおおおっ！　いいなあ――！　俺もカノジョ欲しいよう！」

声がデカいんだよ佐野……悪目立ちするからやめろ……！

「そ、そういえば昨日の部活どうなった？」

「あっ！　それなんだけど部活しばらく自主練らしいよ！」

「自主練？　なんで」

「今ってほら、学校中がすげー騒ぎじゃん？　そんで先生たちの間で色々決めないといけないことがあるみたいでさ、顧問の先生も部活どころじゃないんだって」

「なるほどね、納得」

「それで！　それでなんだけどさ！」

「近い近い、なんだよ」

「来週の水曜日、自主練終わったらサッカー部の皆でどっか遊びに行かない!?　カワコーの人たちにも声かけてるんだ!!　親睦会《しんぼくかい》？　みたいな感じでさあ！」

おおっと、そうきたか……。

しかし、今の俺は、

「いや、やめとくよ」

「ええ――!?　なんでさあ!?　レンレンいないとつまんねえよー!?」

「その日は先約があんだよ、ほら、分かるだろ」

嘘《うそ》じゃない、嘘じゃない……が、
わざと含みを持たせるように言うと、佐野は少しだけぽかんとしてから、

「あ、ああ――っ!?　カンペキ分かった！　了解楽しんで！　皆には俺から言っとくな！」

勝手に納得して、慌ただしく走り去っていった。

……思った通り効果覿面《てきめん》。

断りづらい誘いを断る時は、やっぱりこれが一番だ。

「……よし、あとは実践あるのみだ」


予想通り、その日以降も彼ら・彼女らによる追及は苛烈《かれつ》を極めた。

授業中に、休み時間中に、放課後に、部活中に、通学中に……。

だけど根気強く、その全てに「付き合っているテイ」で答えていったら、最初こそ盛り上がるものの、それ以上深いことは誰も尋ねてこなかった。

無遠慮なように見えて、みんな「他人の色恋沙汰《ざた》に踏み込みすぎるのは下品な行為」だと、本能的に理解しているのだ。

あとはただ、ひたすらそれの繰り返しだった。

すると、日に日に質問の数も減っていって……。

結局一週間もすると、あえてそれについて質問してくるようなヤツはいなくなった。

そしていよいよ水曜日、ダブルデートの当日である。

「よし、じゃあ俺そろそろ行くわ」

自主練が終わったのち、制服へ着替え、俺は部活仲間たちに告げて、かび臭い更衣室を後にする。

去り際、後ろから佐野《さの》に「カノジョさんによろしくなー！」と声をかけられ、そこでつい耐えきれずにふっと笑みがこぼれてしまった。

カノジョさんによろしく、か。

面倒な誘いを断ってもしつこく理由を尋ねられたりしない、どころか傍《はた》から見れば「カノジョ思いのいいカレシ」だ。

わはは、なるほどこれはいい。

偽装交際バンザイ、こんなことならもっと早く円花《まどか》と付き合ってればよかったぜ。

◆

レンは言った。

偽装交際をすることによって周りから余計なお節介を焼かれることがなくなる、と。

だけど……

「ねえねえ村崎《むらさき》さん！　三園《みその》さんとはどうやって知り合ったの!?　幼馴染《おさななじみ》ってホント!?」

「全然気付かなかった！　今までどこでデートしてたの!?　緑川《みどりかわ》!?　それとも桜庭《さくらば》!?」

「他校のカレシって憧《あこが》れるな～！　円花ちゃんって進んでるんだねえ！」

「お願い村崎さん！　三園君の友達紹介して！　私も桜庭でいい人見つけたい！」

話が、違う。

「……なんなんだよ」

放課後、アタシは自分の机に突っ伏して、ぐったりしながら呟《つぶや》いた。

疲れた、本当に精魂尽き果てた。この一週間だけで一生分は疲れたかもしれない。

そんなアタシの独り言を、カツラコは黙って聞いている。

……いや、黙ってというかシュークリームをパクつきながら聞いているだけなのだが、それはまあともかく。

「もうずっとこんな調子で質問攻めだよ……ほとんど話したことないヤツまで話しかけてくるようになったし……なんだ？　人の色恋沙汰《ざた》ってのはそんなに面白いもんなのか……？」

「……」

「……」

「……」

「……カツラコ？」

「……私ね、夢だったんだ……」

「はっ？」

「夢だったの……学校でコンビニスイーツを食べるのっ！　叶《かな》っちゃったっ！」

き、聞いてねえ⁉

「一応アタシ相談してるつもりだったのに……！」

「私は嬉《うれ》しいんですよっ」

「あーはいはいよかったな、くだらない相談して悪かったよ……」

「いやいやそうじゃなくって、円花《まどか》ちゃんが私にノロケてくれたのが嬉しいのっ！」

「……はっ？」

驚いてカツラコの方を見る。口の端にクリームがついていた。

「私、ずっと円花ちゃんとコイバナしたかったんだよね〜、だからダブルで夢が叶ったかたちになります、ダボーです、ダボー」

「……いや待て待て待て、アタシがいつノロケた？　いつコイバナなんてした？」

「気付いてないの？」

「何を」

「円花ちゃん、最近ずっとニヤケてるよ」

「…………はぁっ⁉」

慌てて自らの口元を覆い隠した。

――ニヤケてる？　アタシが？　いつから⁉

激しく動揺するアタシを、カツラコはけらけら笑った。

「円花ちゃんってば、いっつも怖い顔してるんだもんさっ、それじゃあ話しかけたくたって話しかけられないよ。そういう意味で言ったら最近の円花ちゃんはいつもよりずいぶん話しかけやすかったんじゃないかな？」

「なっ……⁉」

「恋人ができると変わるって、あれホントだよねえ」

「ち、ちがっ……⁉　アタシは別にそんな……っ‼」

「――いいことじゃんね」

カツラコは口についたクリームを舐《な》めとりながら、満面の笑顔だ。

「円花ちゃんは穿《うが》ちすぎ、別に野次馬根性ってだけじゃなくて、本当は皆円花ちゃんと話したかったんだよ、今回はそのいいきっかけになったたってことでしょ？」

「それは……」

「浮かれてるのは円花《まどか》ちゃんだけじゃないんだよ、きっと」

……そう、なのか？

アタシは最初、周りの皆がただ面白がっているだけだと……単なる野次馬根性で色々と詮《せん》索《さく》してくるのだと思っていた。

でも、カツラコ曰《いわ》くそれは「穿《うが》ちすぎ」らしい。

完全にカツラコの言う通りとは思わないけれど、でも、だとしたら……。

「……アタシって、まあまあひねくれてる……？」

「さあて、どうでしょう～？」

そのからかうような物言いがすでに答えだ。

さっきニヤケ面を指摘された時よりもよっぽど恥ずかしかった。

「アタシ、今日からもう少し素直な人間になる……」

「ついでにデリカシーも学んだほうがいいかなっ」

「デリカシー？」

「私、失恋したばっかなんですけど」

「……あ」

まずい、完全に忘れてた。

「失恋した直後の親友に自虐風ノロケ……世が世なら実刑判決」

「悪かった！　アタシが悪かったから！」

「本当に反省してるならこのあとのダブルデートの結果を後日報告するべきだよね……」

「ぐっ……」

カツラコのヤツ、最初からそれが狙《ねら》いか……！

「わかったよ！　明日ちゃんと話す！」

「やった～！　毎日コイバナしよーねっ」

カツラコはさっきまでの陰のある表情が嘘《うそ》のように、ぺろんと舌を出してウインクまでしてくる。

「ま、毎日はイヤだ……」

ダメだ、アタシはこのキューピッドに一生勝てる気がしない……。

「んでさぁ、実際のところ村崎《むらさき》さんはカレシとうまくいってるの？」

「早速かよ……」

「答えたまへ」

「……そ、それなりに、仲良くやってるよ……」

「そ・れ・な・りぃ～～!?　付き合って三か月そこらのカップルがぁ～～!?　一番楽しくてたまらない時期でしょうや！　お互いが変化した関係性にちょっとずつ適応し始める時期でしょうや！　照れと慣れがちょうどいい塩梅《あんばい》になって、お互いの愛が溢《あふ》れる時期でしょうや!?」

そ、そうなの？

へえ、付き合って三か月のカップルってそうなんだ……じゃなくて！

「つ……付き合ったのは三か月前だけど、それ以前にアタシとレンは幼馴染《おさななじみ》だからな！　付き合ったからって特に変わったりはしないさ！」

「…………ホント？」

「そ、そんなに表でイチャつくタイプじゃないんだよ！　アタシとレンは！」

「裏ではイチャついてる……と、そういえばこの前三園《みその》君の家にいってたもんね、メモらなきゃ」

カツラコ、刑事かなんかになった方がいいぞ。

「んで!!　具体的にはどんな風にイチャついてるの!?」

「ぐ」

アタシは知っている。

こういう時に吐《つ》く真っ赤な嘘《うそ》は、たいていすぐバレる。ましてアタシは嘘が下手だから。

嘘じゃないこともない、ぐらいにふんわりした真実を織り交ぜるのがコツなのだ。

「……手を繋《つな》いで」

「はいはいオーソドックスだね」

「壁ドンからの、顎《あご》クイってやつされて……」

「……うん？」

「肩に寄りかかって……」

「あ、え？　うん」

「お姫様だっこされて……」

「待って！　私今もしかして二組分のカップルの話を交互に聞かされてたりする!?」

……少しぐらい嘘を吐けばよかったかもしれない。

♧

部活を終えた俺は、まず初めに教室で友達とじゃれ合っていた円花《まどか》と合流。次に演劇部の練習を見学していた颯太《そうた》・佐藤《さとう》さんカップルに合流。

四人で桜庭《さくらば》高校前から出ているバスに乗り込み、揺られること数十分……

すっかり日も落ちた頃になって、俺たちは目的の場所に到着した。

サクラバボウル、市内唯一のボウリング場である。

「――うわ――っ!?　広い!!」

地下にあるボウリング場に着くなり、佐藤さんが目をキラキラさせながら、見たままの感想を口にした。どちらかといえば「寂れてる」の部類なのに、すごいはしゃぎようだ。

「佐藤さんってもしかしてここ来るの初めてなのか？」

「というかボウリング自体が初めてらしいよ、一度行ってみたかったんだってさ」

「ふうん、確か円花《まどか》も初めてだったよな？」

「……」

円花は返事の代わりにこくりと頷《うなず》いてこれを肯定する。

……心なしか距離が遠い。

「円花？」

「なっ、なんだよ」

「なんかよそよそしくないか？」

「気のせいだろ……」

いや、この距離感は絶対に気のせいじゃない。円花のヤツ、明らかに緊張している。

なんだ？　俺の家にきた時はもっと普通に接することができたはずなのに何が原因で……。

「はは……」

俺の隣で苦笑する颯太《そうた》と目が合った。

……あっ⁉

「円花お前まさか颯太たちが見てるからって照れてんのか⁉」

「言うなっ！　口に出して！」

円花が顔を真っ赤にして声を張る、俺は頭を抱えるしかなかった。

「しょ、しょうがねえだろ⁉　恥ずかしいじゃねえか！　知り合いの前で恋人のフリすんの！」

「⁉　ば、バカっ！」

「あっ……！」

俺と円花は慌てて佐藤《さとう》さんの方へ振り返る。

彼女は……

「うわー……私あんな遠くまでボール転がせるかなぁ……！」

幸いなことに、人生初のボウリング場に夢中なようで、ハムスターみたくあっちこっちへ忙《せわ》しなく走り回っており、こちらの会話は聞いていないようだった。

あ、危なかった……。

「ちょっと円花、颯太も集合……！」

緊急会議、開始。

佐藤さんを除く俺たち三人は円陣を組み、声を潜めて話し合う。

「……いいか？　颯太にはすでに言ってあるけど、俺と円花は偽装交際中だ」

「あ、ああ……」

「そしてその事実を知っているのは俺たち三人だけ、この秘密はここだけで隠し通す。当然、佐藤さんにも知られたくない……協力してくれるよな？」

「……分かった、できる限り努力する」

「円花《まどか》も今日だけだ、今日だけでもちゃんと恋人のフリをしてくれ、分かったな？」

「ど、努力する」

「……よし、じゃあ今日は佐藤《さとう》さんにバレないよう努力、解散」

二人の反応に若干の不安は残るが仕方ない。

——とにかくここだ、ここが正念場、ここさえ乗り切れば俺の平穏な日常が戻ってくる。

なんとしても佐藤さんにだけはバレるわけにいかない！

「ねえみんなー！　早く遊ぼうよー！」


受付で代金を支払い、人数分のシューズと各自自分に合った重さのボールをレンタル。

「俺は一応経験者だからこはるさんには俺が教えるよ、蓮《れん》は円花ちゃんに」

「わかった」

「じゃ、まずはお試しでやってみようか」

スコアボードに「そうた」「こはる」「まどか」「れん」四人の名前が表示され、いよいよゲームがスタートした。

……とはいえ女子二人はどちらも初心者、おまけにダブルデートという名目なので、特に点数で競ったりするつもりはない。

颯太《そうた》の言う通り「まずはお試し」……実にのんびりしたものだ。

「颯太君、こうかな？　こんな感じ？」

「そうそう、もうちょっと腕の力を抜ける？　重心も意識して」

「こう？」

「うん、もうちょっと肩を軸にした振り子みたいなイメージで、ボールの重さに逆らっちゃダメだよ、手首を痛めちゃうからね」

颯太が文字通り手取り足取り佐藤さんに指導しているところを、俺と円花はベンチから観察している。

……まーたイチャついとるわ、あの二人。

よくも飽きないもんだ、と感心する。

まあ、付き合った当初と比べればずいぶんとマシになった方か。

最初の頃なんて、お互い手が触れ合っただけですぐ顔を真っ赤にしてた記憶があるけど……。

「ええー、颯太君よく分からないよう」

「そう？　じゃあいったん最初から、投げるというよりは押し出すイメージで……」

「えへへ……」

あっ、ちげえ。

佐藤さん、颯太に密着指導されるのが嬉《うれ》しくて、わざと分からないフリしてるぞ。

見よ、佐藤さんのあの緩み切った笑顔を……。

結局、颯太《そうた》の丁寧な指導もむなしく、佐藤《さとう》さんのまるで腰の入っていないへなちょこボールはへにょへにょとガターへ吸い込まれて、ピンにはかすりもせずに闇《やみ》に消えていった。

「あー……」

「えへへ、颯太君ごめん外しちゃった……ハイタッチ！」

「普通こういう時はハイタッチしないと思うんだけど……」

と言いつつも、苦笑しながらハイタッチに応《こた》える颯太。

そしてそれによって再びへにゃっとだらしなく頰《ほお》を緩める佐藤さん。

平日夜ということで俺たち以外に客がいないとはいえ、人目もはばからずになんちゅうバカップルだ。

「薄々気付いてたけど、佐藤さんって意外とムッツリだよなー……」

「……」

「……？」

返事がないので見てみると……隣にそれ以上のムッツリがいた。

円花《まどか》があの二人のやり取りを穴があくほど凝視していたのだ。隣で喋《しゃべ》る俺の声が聞こえなくなるぐらい真剣に。

……この女子高生、人がイチャついてるところ人生で初めて見たのか？

「円花、おい」

「……あっ、んなっ、なななんだよ!?」

そんなあからさまに取り乱すなよ。

「次、円花の番」

「あっ、そ、そうだよな!?　初めてだからちょっと分かってなかっただけだ！　か、かましてくるっ！」

「それは俺の球」

「あ、あっ、間違えた、そうだった、うん……」

「円花ちゃん！　ファイト！　ストライク期待してるよ！」

「お、おう、任しとけ……」

……ダメだありゃ。

あまりの緊張で手と足が同時に出るなんていう、マンガでしか見たことないヤツをやらかしている。あんな状態じゃストライクどころか最悪怪我《けが》するぞ。

「……しょうがないな」

俺はベンチから離れて、流れるように円花の後ろにつく。

自分の番を終え、入れ替わりにベンチに座った佐藤さんが「おおっ！」と声をあげていた。

「れ、レン!?　何を……！」

「初めてなんだろ？　怪我したら悪いし教える」

「(い、いい、いや、いいよ！　コハルも見てるしっ!?)」

「(何言ってんだ、見せつけないと意味ないじゃねえか)」

「見せつけっ……!?」

ぽんっ、と円花《まどか》のネジが一本外れる音がした。

……言葉のチョイスを誤ったかもしれない。これ以上ポンコツになられても困る。

「(とにかく、ここは素直に教わってくれ、一応佐藤《さとう》さんの中で俺たちは『付き合って三か月以上経《た》つカップル』なんだ。それらしく振る舞おう)」

「(お、おう……努力する……)」

……不安でしかないが、やるしかない。

「(とりあえず始めるぞ、まずは……)」

「ひゃっ!?」

「うおっ!?」

円花が急にびくんっと跳ね上がったものだから、俺まで同じように跳ね上がってしまった。

危ない!!　5キロの球持った状態で急に予測できない動きをするな!?

「なにしてんだよ円花っ！」

「みみもっ!?　耳元でレンの声がっ!?」

「当たり前だろ！」

「や、やめろ！　もう耳元で喋《しやべ》るなっ⁉」

「そうしないとフォーム教えられないだろうが！」

お互いぎゃあぎゃあ喚《わめ》き合って、さっきのバカップルの時とはえらい違いだ。

……ってかマズい⁉　今のやりとり確実にベンチにいる佐藤さんに見られたぞ⁉

あんなの見られたらさすがの佐藤さんだって怪しんで――

「――ふふふ、二人とも初心《うぶ》だね……私も昔はああだったな……ね、颯太《そうた》君？」

「え？　あ、ああ……そう……だね……？」

――ない！　ないけど！

なんかイラっとくる感じの顔でイラっとくる感じのことを言っている⁉

いや……！　もちろんバレなかったのだから結果オーライだけど釈然としねえ……！

「いいんだよ、円花ちゃんも蓮《れん》君も自分のペースで進めば……ね？　颯太君」

「あ、ああ、うん……あはは……」

なるほど佐藤さんの頬《ほお》をつねった五十嵐澪《いがらしみお》の気持ちが今分かった！

この小憎らしさは、確かにつねりたくなる！

俺はなんとか声も怒りも押し殺して、円花に言った。

「（円花ぁ……っ‼　俺たち馬鹿《ばか》にされてるぞ⁉　よりにもよってあの佐藤さんに！　ちょっと前まで颯太の目すらマトモに見れなかった佐藤さんにぃっ……‼）」

「（そっ、そんなこと言われたって恥ずかしいだろうが……!?）」

「（頼むからおとなしく教わってくれ！　いいか!?　まずボールの持ち方は……）」

「ひゃあっ!?」

「うおあっ!?」

さっきの再現で、また二人して跳ね上がってしまった。

「うおおいっ!?　マジで危ねえからやめろそれっ!!」

「だっだっだっだって指指指、指がっ!?」

「指ぐらい触るだろうがっ!!」

コントやってんじゃねえんだぞこっちは!!

そして佐藤《さとう》さんが生暖かい目でこっちを見てるんだよっ!!

なんだあの顔!!　なんだあの「青春だねえ」とでも言いたげな顔は!!

「む、無理だレン！　今日はとにかく無理！」

「ぐっ……！」

ダメだ！　円花《まどか》のヤツめ、人目に晒《さら》されたことで完全なポンコツと化してしまった！

まさかこれほど本番に弱いタイプとは……！

今のところ佐藤さんが愉快な勘違いをしてくれているおかげで助かっているが……このまだと本当は付き合ってないとバレるのも時間の問題だぞ!?

何か、何か策は……！　そうだ！

「(おい円花！)」

「(こ、こここ今度はなんだよぉっ!?)」

「(今から昨日のゲームの続きをするぞ！)」

「(はっ!?)」

円花が俺の方を見返してぎょっと目を見開く。

言うまでもない、昨日のゲームというのは、例の変則「愛してるゲーム」のことだ。

「(ただしルールは変える！　シンプルにこのゲームで得点を多くとった方の勝ちだ！　負けたら勝った方の言うことを何でも一つ聞く！　乗るか？)」

「(ばっ、バッカじゃねえのっ!?　アタシ初心者だぞ!?　つかこの状況でなにをそんな……！)」

「(──ビビってんのか？)」

「(びっ……)」

こちらの予想通り、円花がその言葉に反応する。

「(怖いのか？　負けるのが、颯太《そうた》と佐藤さんの前で無様を晒すのが怖いか？)」

「(だっ、誰が……！)」

「(そりゃそうか、昨日はマグレで勝てただけだもんな、せっかくだし勝ち逃げしたいもんな、本来俺に勝てるはずなんかないし……だったら無理強いはしないよ、悪かったな円花)」

「じょっ……上等だコラぁっ！」

あからさまな挑発の連打に、円花《まどか》の瞳《ひとみ》で闘志の炎が燃え始める。

よし！　読み通り！

円花は大の負けず嫌い、だったらその羞恥心《しゅうちしん》は闘争心で上書きするのが一番だ！

「どうやら調子戻ってきたみたいだな？　じゃあ投げ方教えるぞ、まずは……」

「――教えなくていい」

「は？」

「さっきソータがコハルに教えるところを見てた」

「見てたって……いやいや、初心者があれで分かるわけ……」

続く言葉は直前で呑《の》み込んだ。

何故《なぜ》ならば、確かに円花の構えがサマになっていたからだ。

少なくとも初心者とは思えないほどに……。

そして、

「――ふっ！」

円花、渾身《こんしん》の第一投。

放たれたボールは……むろん初心者なのでカーブがかかったりはしないのだが、その代わり矢のように力強く、まっすぐ、まっすぐと伸びていって。

――ぱっかこおん。

すさまじく景気のいい音を立ててピンが吹っ飛び、闇《やみ》の中へと消えていく。

テクニックなんてあったもんじゃない、清々《すがすが》しくなるくらいの力技。

なんと宣言通り――ストライクだった。

「すっ……すご――い!?」

「円花ちゃんおめでとう！　いきなりストライク！」

ベンチの二人が沸き上がり、円花が「よっし！」とガッツポーズを決める。

ま、マジかよ……？　初心者はまずガターに落とさないところからスタートなのに……そういえば円花って小さい頃からスポーツ全般得意だったたっけ……？

そんな風に驚いていると、円花がいきなり俺の名を呼んで、

「――レン！　手！」

「あっ？」

円花に言われるがまま手を挙げると……

ばしぃぃん！　とボウリング場に音が響き渡るぐらいデカいハイタッチをされた。

「痛っ……!?」

「アタシのことあんだけ煽《あお》ったんだからせいぜい頑張れよ！　経験者さん？」

「くっ!?」

こ、こいつ……！

悔しい、めちゃくちゃ悔しい。

何が悔しいって——挑発的に笑う円花《まどか》を、カッコイイと思ってしまったことが！

しかも円花はすれ違いざま俺の耳元で、

「（……なんなら逆にアタシが教えてあげようか、手取り足取り）」

なんて囁《ささや》くもんだから、

「上等……！」

さっきとは立場が逆になってしまった。

まずはお試し？　——冗談じゃない！　円花にだけは負けてたまるか！

俺は闘志をめらめら燃やしながら、自分のボールを取りに戻ろうとした。

その時である。

「——あれぇっ!?　レンレン!?」

「……あっ？」

俺たち以外誰もいないはずのボウリング場で、なにやらひどく聞き覚えのある声が響いた。

俺も円花も、颯太《そうた》も佐藤《さとう》さんも声のした方へ振り返る。

するとそこには……

「あー！　やっぱりレンレンだ！　やっほー！　さっきぶり！」

「うお、マジで蓮《れん》じゃん！」

「うぃー！　めっちゃ奇遇！」

「なーんだ、デートってここでやってたんだ！」

佐野《さの》、江戸《えど》、仙台《せんだい》……マネージャーの紬《つむぎ》の姿もある。

とにかくついさっき学校で別れたばかりのサッカー部の面々が、何故《なぜ》かそこにいる。

「お前らなんで……？」

いや違う、サッカー部だけじゃない。

集団の中には……

「——あ————っ！　蓮っ！　それに円花もっ⁉」

ひときわデカい声で叫ぶアイツの名前は——確かカワコー野球部キャプテン・双須勝隆《そうずかつたか》。

ある意味因縁の相手が、カワコー野球部員たちをぞろぞろ引き連れて現れた。

いや、いや、いや——それだけじゃない！

「あーっ、村崎《むらさき》さんだっ」

「か、カツラコ……⁉」

円花の親友らしい丸っこい体型の女子をはじめとしたカワコー女子たち。それに見知った顔のサクコー女子の集団も確認できた。

総勢約二〇人——広いボウリング場が一気に騒がしくなるほどの大所帯だ。

おいおいおい！　何がどうなってんだ⁉

困惑する俺たちの下へ、佐野《さの》が人懐っこい笑顔で駆け寄ってくる。

「よーうレンレン！　やってるかーい⁉　あ！　颯太《そうた》君！　喋《しゃべ》ったことないけどレンレンがいつもお世話になってますー！」

「ど、どうも……？」

「そっちはレンレンのカノジョさん⁉　うわー！　はじめまして！　俺サッカー部の佐野っていいます！　今後ともどうぞよろし……」

「——佐野！　これどういうことだよ⁉」

佐野の空気の読めない自己紹介を無理やり遮って、俺は詰問する。

すると佐野は相変わらずしまりのない笑顔で答えた。

「どういうって……レンレンも先週誘ったじゃん！　サッカー部の皆で放課後遊びに行こうって！　カワコーの人たちにも声かけてさ！」

「……あっ⁉」

「こんなに集まるとは俺たちも予想外だったけどねー……ま！　人は多い方が楽しいし！」

「なんでよりにもよってボウリングなんだよ……⁉」

「？　だってカワコーの人たち電車で帰らないとじゃん？　だったら駅前で遊ぶ方が色々と都合いいっしょ？」

「……！」

――ぬかった！

そうだ！　こいつらが俺たちと全く同じ理由で遊ぶ場所を選ぶのは、少し考えれば分かることだった！

しかしそんなの今さら言ったって後の祭り。

出会ってしまった以上は――

「まっ！　これもなにかの縁だし一緒に遊ぼうよ！」

――こうなるに決まってるじゃないか。

「いいよね!?　レンレン！」

「……！」

め……面倒くせ～～～……!!

という心の声は下唇を嚙《か》んで押し殺し、引きつった笑顔を作る。

「……お、俺はいいけど皆はどうだ……？」

「え、アタシは別に……なんでもいいよ、カツラコもいるし」

「うん、俺もいいよ、せっかくの機会だしね、こはるさんはどう？」

「いいよ」

「……えっ？　佐藤《さとう》さんなんか怒ってる……？」

「ああいや、違うんだよ佐野《さの》君、これはそっけなく見えるけど、初めての人がいっぱいで緊張してるだけで、言葉のままの意味だからね」

「なーんだ！　そうなんだ！　佐藤《さとう》さんって噂《うわさ》通り面白いなー！」

「……」

小刻みに震える佐藤さんを見て、佐野は何がおかしいのか一人けらけらと笑っている。

とにもかくにも「全会一致」のムードだ。

……いや分かってたよ、お前らに訊《き》けば二つ返事で「いいよ」と答えることぐらい。だってお前ら性格いいもんな……。

だからもう、出会ってしまった時点で結果は決まっていたんだ。

ああ、ああ、俺の平穏な日常が……。

「──三園蓮《みそのれん》！　ここで会ったが百年目！」

……音を立てて崩れ落ちていく。

犬歯を剝《む》き出《だ》しに、わけのわからないことを言いながらずんずんこちらへ詰め寄ってくるアイツを見て、俺はもうなにもかも諦《あきら》めてしまった。

野球部キャプテン・双須勝隆《そうずかつたか》……。

ヤツが佐野を押しのけて俺の前に立ちはだかる。俺は溜息《ためいき》混じりに言った。

「お前とは会ったばっかりだろ……」

「確かに!?　……なんで百年目って言うんだろうな？」

「いいよそんなとこに疑問持たなくて、で？　なんの用だよ」

「そりゃあもちろん、蓮に決闘を申し込む！」

「決闘ぉ？」

中世の騎士か西部開拓時代のガンマンしか言わないだろそのフレーズ。

双須は白手袋を叩《たた》きつける代わりに、俺にびしりと指を突き付け、こう宣言した。

「ここは男らしくボウリングでケリをつけようぜ！　因縁を晴らしてやる！」

ボウリングって男らしいのか？　とか、
俺はなんの因縁もないのに？　とか。

そういうのは一旦《いったん》置いておくにしても……さすがの俺でも分かった。

先日の双須の反応や、今後ろで頭を抱えている円花《まどか》の反応、それら全てを総合すれば、ヤツの目的は一つしかない。

「──とにかく勝負だ！　なにかを賭《か》けて！」

「そこは円花を賭けろよ」

「女の子はトロフィーじゃないっ！」

稀代《きたい》のバカにド正論かまされてしまった。そこの価値観はアップデートされてるのかよ。

……ともあれ、このあいだから薄々感づいていたことが確信に変わった。

双須《そうず》は、円花《まどか》に惚《ほ》れているのだ。

「じゃ何賭《か》けるんだよ」

「それは……適当なものが思いつかないから誇りとかプライドとか」

「どっちも同じ意味じゃねえか、とにかくそんな面倒なこと誰が……」

「——面白そうじゃん！」

今度は佐野《さの》が割って入ってきた。

うわうわうわうわ、加速度的に面倒なことに……！

「勝負するんだったら景品あった方がいいでしょ!? 俺いいの持ってるんだ〜」

「お、おい佐野、そういうのいいから……」

「——じゃじゃーん！ フタバのコーヒーギフトカード！ ３０００円分チャージされております！ 優勝者にはこれを進呈しましょうぞ！」

「おおっ!?」

おおっ、じゃねえよ双須……！

「誇りとかプライドよりこっちのが嬉《うれ》しいでしょ？ もちろん俺も参加しちゃうけどね〜」

「面白い、乗った！」

「俺パス」

「「ええっ!?」」

双須と佐野が声を揃《そろ》えて驚く。お前らいつの間にそんな仲良くなったんだ。

「えー―っ!?　なんでだよレンレン！　ノリ悪いなー！」

「ここまできて勝負から逃げる気か!?」

犬みたいに吠《ほ》える双須と、猫みたく鳴く佐野。

イヤな二人で手を組みやがって、お前らの少年漫画的な世界観に俺を巻き込むな。

「……あのなあ、それ以前にこっちはデート中なんだよ、一緒に遊ぶならともかく、どこの誰が、カノジョそっちのけでそんな勝負すんだ」

「うぐ」

「た、確かに……」

咄嗟《とっさ》に思いついたものだったが、なるほど自分でもなかなかいい口実だと思った。偽装交際バンザイ。

あの二人もさすがに旗色が悪いと思ったのか、途端に気勢を削《そ》がれる。

よし……なんとか乗り切った。

「とにかく、俺たちは俺たちで得点は気にせず、ゆるゆる楽しむことにする、勝負はそっちで勝手にやってくれ……ああ、悪かったなお前ら、話はついた、次は俺の番だったな？」

俺は円花、颯太《そうた》、佐藤《さとう》さんの三人に言いながら、自分のボールを取りに行く。

さて、気を取り直して……

と、思ったら。

「――にっ、逃げるな卑怯者《ひきょうもの》ぉっ！」

「は、はぁ？」

もうとっくに話は終わったものだと思っていたのに、双須《そうず》が地団駄を踏みながら叫んだ。

あ、諦《あきら》めが悪すぎる……。

「卑怯者！　腰抜け！　根性なし！　弱虫！　泣き虫！」

「……あのなあ双須」

「男なら勝負を受けろよ汚いぞ！」

「……」

くらりとする。

しょ、小学生と喋《しゃべ》っているのか俺は……？

いや、そんな挑発、今どき小学生だって乗るかどうか……

「双須テメェ……」

……うん？　円花《まどか》？

なんで双須に近づいて……

「もっぺん言ってみろコラァっ！」

「えぇっ……」

円花が、大の大人ですら震えあがるぐらいドスの利いた声で双須を威嚇《いかく》した。

本当になんで？　俺への挑発で円花が釣れている。

双須も双須で、あんなちっこい身体《からだ》してるくせに一歩も引かないから、自然と二人がにらみ合うかたちになった。

「双須……さっきの言葉、全部取り消せ」

「なんでさ！　全部本当じゃん！　男が勝負から逃げるなんて！」

「レンはお前なんか相手にしねえって言ってんだよ……」

「負けるのが怖いだけだろ！　しかもカノジョに守ってもらっちゃってさ！」

う、うおおおお……！

やめろやめろやめろ……！　俺のために争わないでくれ……！

円花は気付いてないかもしれないけど、この騒ぎのせいで他のサクコー生やカワコー生が様子を見に集まってきてるんだよ……!?

「レンはマジでカッコいいんだよ！　お前が知らないだけで！」

「知らないもん！　見てないもん！　ていうかそれ円花の勘違いなんじゃないの!?」

「なっ……！」

「幼馴染《おさななじみ》だからすごく見えるだけで、実は大したことないんじゃないの!?」

「このっ……！　そこまで言うなら勝負しろ！　レンがお前のことをボコボコに負かす！

あとで吠《ほ》え面《づら》かくなよ!?」

いつの間にやら俺たちを囲んでいたギャラリーが、円花《まどか》の啖呵《たんか》に「おぉ～っ」と感嘆の声をあげる。

先週の昼休みの再現、もしくは悪夢の続きだ。

「なんかよく分かんないけど……円花ちゃんノリいいねーっ！　じゃあ勝負開始ってことで！　他に参加したい人いるー!?　優勝者はフタバのギフトカード！」

二人のマイクパフォーマンスのおかげか、それともフタバパワーか、ギャラリーの盛り上がりが最高潮に達した。俺のあずかり知らぬところであれよあれよと事が運ばれていく。

喧騒《けんそう》から少し離れた場所で、俺は今にも崩れ落ちそうだった。

いつになったらこの呪《のろ》いは終わるんだ……？

「くっそ、双須《そうず》のヤツ……！」

円花は未《いま》だに怒りが治まらないらしく、ずかずかと乱暴な足取りでこちらへ戻ってくる。

「レン！　この勝負死んでも勝つぞ！」

「円花……！　お前はなんでっ……！　あんな目立つことをっ……！　わざわざっ……!!」

「だってあんだけ言われたらムカつくだろ!?」

だって……って！　本当に状況分かってるのかコイツ!?

俺たちはただでさえ佐藤《さとう》さんに偽装交際の件について隠し通さないといけないのに！

思いっきり目で咎《とが》めると、円花はさすがに少しだけバツが悪そうに……

「──しょっ、しょうがねえだろ!?　カレシ馬鹿《ばか》にされてついカッとなったんだよ!!」

「……ん?」

円花の言葉に、もっと言えば「カレシ」のニュアンスにかすかな違和感を覚える。

すると少し間を置いて円花もそれに気付いたらしく、はっとなった。

「そっ、そういうことになってるんだろ!?　今は!!」

「あ、ああ、まあ、そうだけど……」

「とにかく！　やるからには絶対勝つぞ！　ソータとコハルもな!?」

「うん！　せっかくだし勝って四人でフタバの新作でも飲みに行こう！」

「わ、わわわ私が足引っ張っちゃったらどうしよう……」

「あっダメだ、ネガこはるさんになっちゃった、よしよし」

「早く治しとけよ、それ」

「……」

ベンチでわちゃわちゃやる三人を眺めながら、俺は……不思議に思っていた。

不思議だ、イヤミではなく、ただ純粋な疑問。

どうして?

どうしてこいつらは、こんなくだらないことで本気になれるんだ?

さて、ゲームはひとチーム四人のチーム対抗戦だ。
ルールは単純で、合計点が最も高いチームの優勝、晴れてフタバのギフトカードを手にする
……別に欲しくもないが。

――まずはキャプテン双須《そうず》の率いる『カワコー野球部チーム』。

「皆！　カワコー野球部の意地！　見せてやるぞーっ！」

「「押忍《おす》!!」」

「オラっ！　消える魔球！」

「ああっ……ガターに……」

「……ところでフタバってなに？」

「知らないのかよ！　なんかオシャレなカフェだよ！」

「かふぇ？　えぇー、ぼくコーヒーニガテなんだけど大丈夫かなぁ……甘いジュースがあればいいけど」

会話を聞くだけで頭の痛くなるようなアホの集まりだが……さすがはバリバリの運動部、そもそも運動神経がいい。

ほぼ初心者ながら目立った失敗もなく、着々と点数を稼いでいる。

――続いて佐野《さの》たちサッカー部男子で構成された『サクコーサッカー部チーム』。

「へーん！　フタバのギフトカードはあいつらなんかにゃ絶対渡さないもんねー！　なんてったってあれは大好きだった元カノが誕プレにくれたものだから！」

「な、なんでそんなの賞品にしたんだ……？」

「佐野のやつ、何考えてるかマジで分かんねーからな……」

「ほいまたストライクっ！」

「そしてうんま……」

サッカー部、あいつらはシンプルにうまい。

そもそもボウリングに行き慣れている連中だから、全員手堅く点数を稼いでいる。

特にヤバいのは佐野だ。天才的なセンスから繰り出されるえげつないカーブボールがピンを横薙《よこな》ぎに刈り取っていく。

佐野の投球のたびに、ギャラリーから黄色い声があがった。注目度もぶっちぎりだ。

――そして円花《まどか》の親友・垂水桂子《たるみかつらこ》などを含む『カワコー女子チーム』。

「はいっ！　わたくし垂水桂子っ！　下校中にフタバの新作を買って飲むのが夢ですっ！　というわけで記念すべき第一投っ！」

「タルちゃんがんばれー！」

「そりゃ！」

「お……お……お……？」

「あ……ああ……あっ！　倒れた！　二本倒れたよ！」

「すごいタルちゃん！」

……こちら、特に語るべきところなし。

楽しそうでなにより、というコメントだけ送ろう。

最後に俺たち、俺・円花《まどか》・颯太《そうた》・佐藤《さとう》さんの四人からなる『ダブルデートチーム』を加えて
──以上四チーム、総勢一六名の参加となる。

サッカー部マネージャーの紬《つむぎ》などをはじめとした他の連中は、これを観戦しながらゆるゆるボウリングを楽しむことにしたらしい。賢明な判断だった。

一方で俺たちは……

「……くそっ！」

最後のピンを倒し損ねた円花が悔しげに吐き捨てる。

全体として俺たちのチームは……まずまずであった。というか、そうとしか言えなかった。

経験者である俺と颯太が時たまスペアやストライクを出しつつ、それなりにスコアを稼ぐ。

円花も初心者にしてはよくやっている。佐藤さんは……頑張っている。

全体として下手なわけではないが、かといって上手《うま》いわけでもない。悪く言えば一番地味なチームだ。

……ま、俺としては助かるばかりだが。

「あー惜しい、二本残った」

俺は歯抜けに並んだピンを見て、さして感慨もなく言い、ベンチへ戻る。

……円花が仁王みたいな形相で俺を睨《にら》みつけていた。

「な、なんだよその目……」

「双須《そうず》たちのチームに負け始めてるぞ……」

「そうだな、でもまあそれほど点差も開いてないし、まだまだひっくり返せるだろ」

「……」

「とりあえず最下位《ドベ》は回避できそうだしな、ま、俺たちのペースでやろうぜ」

「……」

「……なんだよ？」

「……レン、もしかして抜いてないか？」

「抜くぅ？　はは、バカ言うなよ、なんでそんなことする必要が」

「目立ちたくなくて、無難な点数に落ち着くよう投げてないか？」

……無駄に鋭いな、円花《まどか》のやつ。

「……双須《そうず》のチームには勝つからいいだろ」

「今まさに！　負けてんじゃねえか！」

「最後は勝つよ」

嘘《うそ》だ、正直俺にとって勝ち負けなんてどうだってよかった。

誇り？　プライド？　どーだっていいよ、双須が一人で喚《わめ》いてるだけだ。

フタバのギフトカード？　もっといらない、俺は甘いものがニガテだから。

――もういい加減、疲れたんだよ。

そもそもこんな勝負、はなからやる気なんて微塵《みじん》もない。

ただでさえこのところの俺は周りに振り回されるばっかりで、正直もううんざりだ。これぐらい自由にやらせてくれ。

「っ……！」

円花は釈然としない様子だったが、事実このチームで一番スコアがとれているのは俺なので、それ以上は何も言えないようだった。

「ははははは！　蓮《れん》！　どうしたどうした!?　このままだとオレたちが勝っちゃうぞ！」

双須が遠くの方で喚いている。

――あーはいはい、すごいな、負けちまうかもしんねえ。

「レンレン！　どうした調子悪いなーっ！　このままだと景品は俺のモノになっちゃうよ!?」

佐野《さの》が遠くの方から煽《あお》ってくる。

——最初から勝とうなんて思ってねーよ。というか元カノからもらったもんなら、そのまま自分で使え、もしくはきっぱり捨てろ。

「ほら次、颯太《そうた》の番だぞー」

早く投げてくれ、そしてこんなくだらないゲーム、さっさと終わらせてくれ。

そう思ったのだが、どういうわけか颯太がベンチから立たない。

じっとこちらを見つめている。

「どうした？　颯太の番だっての」

「……蓮は、悔しくないか？　あいつらに負けたら」

はあ、と溜息《ためいき》を吐《つ》く。

お前までそんなこと言い出すのかよ。さすがにちょっと、うんざりだ。

「悔しくないね、これっぽっちも、そもそも勝負してすらないんだから」

「……そっか」

ああそうだ、そうだとも。

俺は最初からこのバカげたゲームとは無関係だ、あいつらが勝手に騒いでるだけだ。

だから、

だから……

頼むから皆、もう俺に構うな――。

「――なんかダサくなっちゃったなー、蓮《れん》」

その台詞《せりふ》が颯太《そうた》の発したものだと、しばらく理解できなかった。

「あ……？」

驚愕《きょうがく》に目を見開く。

円花《まどか》も、佐藤《さとう》さんも、同様に驚いていた。

「そ、颯太君……？」

「ソータ……？」

颯太は、いつも通りの爽《さわ》やかな笑顔で、それこそ「明日も雪、積もりそうだなぁ」ぐらいの、なんでもない調子で言った。

それがあまりに自然だったため、俺はしばらく反応するのを忘れてしまったほどだ。

「……なんのつもりだよ？」

怒りよりもまず、戸惑いが先にきた。

颯太にこんな感情を抱いたのは、初めてのことだった。

「もしかして、はは、俺に喧嘩《けんか》売ってんのか？」

「うーん、まあ、そんな感じかな？」

表情が引きつる俺に対して、颯太は涼しい顔だ。

明らかに俺を挑発する目的で、わざとらしいぐらいいつも通りに振る舞っている。

よりにもよって、あの颯太が。

ひどく裏切られたような気分だった。腹の底からじわじわと沸き立つような怒りがのぼってくる。

人目がなければ衝動的に殴りかかっていたかもしれない。

「思い通りにいかないからって一人で勝手に不貞腐《ふてくさ》れて、達観したフリしてさ、子どもと一緒だ、あーあ感じ悪い」

「……おい」

「自分のことばっかだよお前は。なにもうまくいかないのは、そもそも蓮が真剣に物事と向き合ってないからなんじゃないの？」

「テメっ……颯太！」

「そっ、颯太君!?　どうしちゃったの急に……!?」

声をあげた佐藤さんを、颯太は手で制して立ち上がる。空気がピリッと張りつめた。

――やるのか？　そっちがその気なら俺だって。

しかし予想に反して颯太《そうた》はこちらへ背を向けて、ベンチから離れていく。

「……?」

そして颯太は、備え付けのタオルでボールを拭《ふ》きながら、ぽつりと呟《つぶや》く。

「……そうやってかしこぶってるから近くのことを見落とすんだよ、蓮《れん》」

一通りボールの表面を拭き終えると颯太は——いや待て、颯太はさっきまであんなこと、こ、してなかったよな?

そんな疑問も、颯太がレーンの前で構えをとった瞬間、たちまち吹っ飛んでしまった。

さっきまでとは、明らかに雰囲気が違った。

「……あ?」

「えっ……?」

「うそ……」

俺も円花《まどか》も佐藤《さとう》さんも、さっきまでの一触即発の空気も忘れて、見入ってしまった。

——素人目にも分かるぐらい、綺麗《きれい》なフォームだった。

喩《たと》えるならいきなり頭のてっぺんから爪先《つまさき》まで一本の芯《しん》が通ったような。

背中越しでも伝わるすさまじい集中力、まるで颯太の周りだけ時間が止まったかのようだ。

「ね、ねえあれ……」

この異常事態に、ギャラリーたちもちらほらと気付き始める。

隣のレーンの双須《そうず》も、そのまた隣のレーンの佐野《さの》も、手を止めて颯太を見ていた。ただ颯太がボールを構えただけで、何か違うと感じ取ったのだ。

そして誰もが固唾《かたず》を呑《の》んで見守る中、颯太は軽く助走をつけて——投げた。

まず、ボールの速さからして別物。

13ポンドの球が転がるのではなく滑るように進み……そしてピンに当たる直前、吸い寄せられるように曲がる。

ストライクだ。

誰もがその瞬間に確信し、そして実際にその通りになった。

——ぱっかこおん。

一転して静かになったボウリング場に、その音は大きく響いた。

今まで俺たちが出してきたまぐれストライクとは意味合いが違う。あれと比べれば、さっきまでダントツに上手《うま》いと思っていた佐野の投球さえ雑に感じるほどだ。

なのに颯太は、それが当たり前のように軽く「よし」と呟いただけで……

——そこでようやく、ギャラリーから割れんばかりの歓声があがった。

「なんだ今のすげえええええええええっ!?」

「た、球がぎゅいんっって!?　ぎゅいんって曲がった!!」

「うわっ！　動画撮っとけばよかった！」

「颯太《そうた》君めちゃくちゃ上手《うま》いじゃん!? なに!? プロ!?」

もはや絶叫にも近い歓声を一身に浴びながらも、颯太は困った風に苦笑するだけで、そのままベンチへ戻ってくる。

俺たち三人は颯太との付き合いも長いぶん、未《いま》ださっきの光景が受け入れられずにいた。

「……そっ、颯太君……今のなに……?」

佐藤《さとう》さんが尋ねると、颯太はやっぱり困ったように笑った。

「あはは……隠すみたいなことしてごめんねこはるさん、実は昔ちょっとだけハマってて」

昔、ちょっとだけ、ハマってて?

違う、あれがそんなレベルじゃないのは誰だって見れば分かる。

俺たちの「気が向いたらやる玉遊び」とは根本的に違う、遊びを超えた領域で努力した人間にしか出せない技。

「最初からその時の調子で投げてたら皆が楽しめないと思ってさ、ごめん」

——今になって思えば、その片鱗《へんりん》はあった。

颯太はここへきたばかりの時に「俺は一応経験者だから」と言っていたが……「一応」というには、佐藤さんへの指導があまりに堂に入りすぎていた。

未経験者の佐藤さんや円花《まどか》はともかく、俺は気付くことができたはずなのに——

「まあお遊びならともかく、誰かさんのこと見てたら、勝負事は真剣にやった方がいいかなーって思い直したんだ……それで」

そこまで言って、颯太が俺を見る。

颯太は笑っていた。しかしさっきまでの澄ました笑顔じゃない。

どこまでも挑発的な、やんちゃな子どもがやるような、まるであの頃の颯太のような。

――悪戯《いたずら》っぽい、笑みだった。


「蓮《れん》は俺と違って弱っちいくせにいつ本気出すんだ？」


「……ははっ」

前髪をくしゃりとやる。自然と笑みがこぼれ出た。自嘲《じちょう》の笑みだった。

もう、俺の中に颯太に対する怒りはない。

あるのは、悔しさ。

ただただ悔しい、そして恥ずかしい。

長く親友をやっているくせに、颯太にこんな意外な特技があるのを知らなかったことも。

そんなヤツがすぐ隣にいるのに、ちょっと人よりうまい程度で、抜いていたことも。

自分の匙《さじ》加減ひとつで、ゲームを左右できると思いあがっていたことも。

――そして今、俺が颯太の狙《ねら》い通りの感情を抱いてしまっていることも。

「くそ……っ」

……なるほど「誇りとプライドを賭《か》けた戦い」とはよく言ったものだ。

誇りを失い、プライドを傷つけられた。

脳が焦げるぐらい悔しい、奥歯が軋《きし》むぐらい悔しい、胸の内が煮立つぐらい悔しい。

あいつらに負けるのはいい。

しかし心の底から、こいつにだけは負けたくないと思う自分がいる——。

「……準備運動だよ、バーカ」

俺は颯太《そうた》から投げつけられた白手袋を叩《たた》き返す、そして本当の勝負が幕を開けた。

結論から言って、颯太の一投に影響されたのは俺だけではなかった。

「——桜庭《さくらば》の都会っ子に負けてられるか！　カワコー野球部の意地を見せてやるぞっ！」

「『押忍《おす》!!』」

カワコー野球部の連中は、さっきにもまして激しい闘志を燃やす。

テクニックはともかく、力任せの投球で強引にピンをなぎ倒して、着実にストライクの数を増やしていった。

「くそーっ！　さっきまで俺が一番目立ってたのにーっ！　颯太君一人で美味《おい》しいところ持っていってずるい！　決めた！　こっから全部ストライクとっから！」

佐野《さの》の投球は更にキレを増して、立て続けにピンを刈り取っていく。

カワコー女子グループは……

「そりゃ！」

「お……お……お……？」

「あ……ああ……あっ！　倒れた！　今度は四本倒れたよ！」

「すごいタルちゃん！」

……変わらず楽しそうであった。

まあアレはともかく、颯太《そうた》はただの一投でその場の空気を丸ごと塗りかえてしまったかたちとなる。

——そしてそれは俺もまた例外ではない。

俺の投球で「ぱっかこおん」と全てのピンが弾《はじ》け飛んだ。

「っしゃあ！」

俺はガッツポーズを作って、心からの咆哮《ほうこう》をあげる。

よし、このストライクでまた颯太に近付いた！

「レン！　やったな！」

「当然！」

俺と円花《まどか》がハイタッチをする。

しかし、それも束《つか》の間。

――ぱっかこおん。

「ぐっ……!?」

「はは、悪いなー蓮《れん》、はいこはるさんハイタッチ」

「颯太君カッコいいっ!!」

まただ。

少しでも点差を縮めたかと思えば、颯太にはすかさず離されてしまう。

ゲームは佳境に差し掛かったが、颯太と俺の点差は、はっきり言って絶望的だ。

「くそっ……」

俺はベンチに座ったまま、前髪をくしゃりとやる。

――悔しい、俺はまた颯太に勝てないのか?

燃えるような屈辱とは裏腹に、そんな弱気な考えが頭にちらつく。

しかし、そんな時。

「っ!?」

ばん、と背中を叩《たた》かれた。

それこそ一瞬ちらついた弱気な考えが散ってしまうほどの、強い力で。

「諦《あきら》めんなよレン！」

「……円花《まどか》」

彼女は……諦《あきら》めていなかった。

気休めじゃない、本気で俺の勝ちを信じている、そういう目だ。

「カレシだったら、アタシにカッコイイとこ見せてくれ！」

カレシだったら。

「……ははっ」

その台詞《せりふ》に、俺は少しだけ笑ってしまう。

……ああ、そうだ、今日だけはちゃんと恋人のフリをしろと言ったのは、俺だった。

まさかその約束を俺自身が破ろうとするなんて本末転倒だ。

もし、円花が本当に俺の恋人だとしたら。

もし、俺が円花のカレシだとしたら。

「カノジョにカッコ悪いところなんて見せるわけないいな」

汗で濡《ぬ》れた前髪が額に張り付くのも、息があがるのも、手首の痛みも、今は気にならなかった。

何に代えても、颯太《そうた》にだけは負けるわけにはいかない。

それが一番「カッコいい」ってことだ。

「……」

レーンに立つ。集中していた。

もう、誰の声も聞こえない。

歓声すら遠くなる熱に浮かされた頭で、ぼんやりと考えた。

俺の中に僅《わず》かに残った冷静な部分が、これほど何かに本気になったのはいつぶりかと、自らに問いかけていた。


意外にも、俺はこれをはっきりと思い出すことができる。

俺が人生に熱中していた頃、夢中だった頃、情熱をもって取り組むことができていた頃。

いや、正確にはそれが終わった瞬間を覚えている。

中学二年、夏休みのことだ。

「――ダサいよ、お前」

部活の練習中、チームメイトの一人から息も絶え絶えにそんなことを言われて、俺は何も言い返すことができなかった。

図星だったわけではない、傷ついたわけでもない。

純粋に言葉の意味が分からなかった。

「……俺、なんかまずいプレーしてた？」

カラカラに渇いて張り付いた喉《のど》を、なんとか引き剝《は》がして声を発した。

彼は言う。

「周り、見てみろよ」

周り？

言われるがまま見てみると、チームメイトの皆と目が合った。

汗だくで、息も荒く……何故《なぜ》か冷めた目で、俺を見ている。

「……蓮《れん》、前から言おう言おうと思ってたんだけど、お前の練習ハードすぎるんだよ」

「え？」

「お前が小学校からクラブでサッカーやってるとかしらんけど、周りをよく見ろ。俺たち別にワールドカップ目指してるわけじゃねえんだ、遊びでやってんだ」

初耳だった。

ワールドカップは言い過ぎにしても、全国ぐらいは当然目指しているものだと思っていた。

まあ俺は日本代表、狙《ねら》っていたけれど。

「ついていけねえんだよ、正直」

ついていけない？

「――今日の練習、まだ半分も終わってねえのに？」

イヤミではなく、ただ純粋に頭に浮かんだ疑問がそのまま口からこぼれただけだった。

しかし、それが合図となった。

今でも覚えている。

皆のあの呆《あき》れかえった顔、「コイツマジか」とでも言うような、冷めきった反応。

「……サッカーなんかでマジになってダサいよ、お前」

その言葉を最後に、真夏のグラウンドには俺一人が取り残された。

「……」

とーん、とーん、と。

だだっ広いグラウンドで、灼熱《しやくねつ》の太陽に肌を焼かれながら一人リフティングをしている。

油で揚げるような蝉《せみ》の声が、今はなんだか物悲しく感じられた。

「……」

俺が悪かったのか？

そんな考えがずっと、頭の中をぐるぐる巡っている。

悪くは……なかったと思う。

そりゃあチームメイトの体力のなさを鑑《かんが》みなかったのは悪いかもだけど、いずれ全国を目指すことを考えれば、あんな練習量じゃ全然足りない。

俺の尊敬する選手は、学生時代この三倍は練習をしていたのだとなにかの記事で読んだ。

「……」

頑張ることはいいことだ。

目標の実現に向けて熱中し、努力をするのはいいことだ。

今日までなんの疑いもなくそう思って生きてきた。

でも、どうやらそういうわけではないらしい。

「……」

……遊びでサッカーやってるって、なんだよ。

そんな遊び半分でやられたら、真面目にやってる俺はどうなる？

被害者ヅラしやがって、どう考えても被害者は俺だろ。

つーか悔しくないのか？

遊びだろうがなんだろうが、お前ら負けたんだぞ？

あんな真面目くさった顔でごちゃごちゃ言ってたけど、要は敗北宣言じゃねえか。

テレビゲームで負けが込んで不貞腐《ふてくさ》れてこんなクソゲー楽しんでるやつの気がしれねーつってコントローラー投げるのと、何が違うんだ？

もっと骨のある連中だと思ってたのに、恥ずかしくないのかよ。

「……いや違うな」

とん……ボールが地面に落ちた。転がるに任せた。

恥ずかしいのは、俺か。

自分にできることなら、他人も当たり前にできると思っていた。

自分に我慢できることなら、他人も当たり前に我慢できると思っていた。
他人に、期待しすぎたんだ。
「……やめっか、そういうの」
俺は汗でしょっぱくなった口で独《ひと》り言《ご》ちた。
なんだか急に全部馬鹿《ばか》らしくなった。
勝手に期待して勝手に裏切られた気分になるなんて、確かにアイツの言う通りダサい。
これからはもう、誰にも期待しないことにしよう。
そう心に誓った時。
「――あれ？　もうやめんの？」
ヤツが現れた。
いつからそこにいたのだろう？
グラウンドの隅に一人の男子生徒がしゃがみこんでいた。
「見てるの楽しかったのに」
どうやら俺の独り言に応《こた》えたわけではないらしい。
ただ単に俺がリフティングをやめたことを惜しんでいる様子だった。
――そいつの名前は押尾颯太《おしおそうた》というのだと、あとで隣のクラスのやつから聞いた。

この大きな学びをきっかけに、俺は夏休み明けからキャラを変えた。

熱中しない、夢中にならない、情熱を注がない。

何事もほどほどに、そこそこに、そして一定の距離感を保って取り組む。

嫌なことは笑って流せばいい、嫌じゃないことも笑って流すけど。

そんなスタンスでいると……不思議なことが起きた。

「なんか最近の蓮《れん》ってすげー接しやすくなったよな」

あの日、俺に「ダサい」と言ったチームメイトが、そんなことを言いだした。

いや、あいつだけじゃない。

「ホントホント、今までの蓮って肩に力が入りすぎてるっていうか」

「ちょっと無理してる感あったもんな、今はすげーリラックスしてる感じ」

「俺たちに心を開いてくれたみたいで嬉《うれ》しいよ」

新しい俺はおおむね全員に好評だった。女子からモテるようになったのもこの頃からだった気がする。

——みんな、バカばっかりだ。

俺が心にもない言葉を吐いて、楽しくもないのに笑って、話を聞いてないのに適当に相槌《あいづち》を打っても、それで満足らしい。

こんな即席で作ったうわべだけの人格に、あろうことか友情とか感じちゃってるらしい。

結局みんな、自分が好きなだけだ。

自分が大好きだから、自分にとって心地よいだけの相手を素晴らしい人間と勘違いするんだ。

だったら朗報だよ。

俺はこれからお前らにとって耳ざわりのいいことしか言わないし、お前らを変えようともしない。お前らと真剣にぶつかりあって、お互い理解しあおうなんて微塵《みじん》も思わない。

ただただ、一緒にいて心地のいい友人をやってやる。

……だから。

だからお前らも。

俺に、構うな──

「なー蓮って好きな食べ物なに？」

「……」

……俺の日常が平穏そのものとなった、その矢先。

具体的には夏休み明けから変なのに絡まれるようになった。

颯太《そうた》、押尾《おしお》颯太。

隣のクラスの男子らしい、それぐらいしか知らなかった。

何故《なぜ》なら今までに一度も話したことがない……いや、もしかしたら一言二言交わしたぐらいはあったのかもしれないが、それも記憶に引っかからない程度のものだ。

一言であらわせば、地味な男だった。

目を見張るほど成績がいいわけでもなく、運動も並。

容姿だって飛びぬけていいわけでもない。

……いや悪いわけではなく、むしろ整っている部類ではあるが、そのなんというか、全てにおける「75点感」が、彼の当たり障りのなさに拍車をかけていた。

記憶に残らない男——それがその時の押尾颯太《おしおそうた》に対する印象である。

そんなヤツが突然俺に絡み出した。意味が分からなかった。

「パンケーキとかって好き?」

「……はは、俺甘いもんニガテなんだよな……」

「そうなの? ウチは父さんがカフェやってて、パンケーキが売りなんだけど」

「そ、そうなのか」

「そうなんだよ」

「……」

「……」

なに?

「血液型は?」

「……B型」

「俺A型、あんま相性よくないな、誕生日はいつ？」

「………8月」

「へー夏生まれなんだ」

「……」

「……」

マジでなに？

「MBTI診断って知ってる？」

こ、怖い！

意図が分からないのが余計に怖い！

「わ、悪い、俺ちょっと用事があるから……」

「分かった、じゃあまた明日」

「はは……」

笑ってごまかした。

こいつ明日も話しかけてくるつもりだよ……。

俺のキャラだとこういうやつを強く突っぱねることができないのが難点だ。

——そして宣言通り、押尾颯太は次の日からも話しかけてきた。

「蓮《れん》ってゲームとかやるの？　ウチはゲーム機ないからうらやましいな」

次の日も。

「蓮《れん》ってミンスタやってる？　俺は最近ミンスタ始めたんだけどあんまうまくいかなくてさ」

そのまた次の日も。

「この前駅前で雰囲気のいい喫茶店見つけたんだけど、蓮は行ったことある？」

「……っ！」

――マジでなんなんだよこいつ⁉

察せよ！　毎回愛想笑いして明らかに会話を早く切り上げようとしてるだろ⁉

ナンパか⁉　俺はナンパされてんのか⁉

「俺、用事あるから……」

「わかった、じゃあまた明日な」

「……」

もう愛想笑いも返してやらなかった。

俺はその日から、押尾颯太《おしおそうた》についての聞き込み調査を開始した。

確証がほしかったのだ。

押尾颯太はヤバいヤツなのだという確証が。

それさえあれば、さすがの俺にだって堂々と拒絶する権利が生まれるだろう。

そう、思ったのだが……

「──押尾颯太？　ああ、いいヤツだよね」

い、いいヤツ？

「うん、あんまり話したことないけど、この前俺が花瓶割っちゃった時、一番に片付け手伝ってくれたよ」

「あ、私も重いもの運んでたら代わってくれた」

「人の悪口とか絶対言わないしなー」

「困ってる人がいたらすぐ声かけてくれるしね」

「わりと女子人気もあるんだよ？　ミキちゃんが今度告白するって言ってた」

「マジで!?　あのミキちゃんが!?」

「えー……俺ちょっと狙《ねら》ってたのに、結構萎《な》えた」

いやミキちゃんはどうでもいいけど……いいヤツ？　アイツが？

釈然としなかったが、聞けば聞くほど押尾颯太に関する「いいヤツエピソード」しか出てこない。俺以外の全員が裏で示し合わせてるのではないかというほど。

じゃあどうして、そのいいヤツがこうもしつこく俺にばかり絡んでくる？

目的はなんだ？　いやがらせでないとして、俺に話しかけることであいつにどんなメリットがある？

とにもかくにも、もう──

「蓮《れん》っていつからサッカーやってんの？」

「……」

限界だった。

「……なあ、颯太《そうた》」

「お、初めて名前呼んでくれたな」

いいんだよ、んなことどうでも。

もう降参降参、俺の負けだ。

「……なんで俺にばっか話しかけるんだよ」

「なんで？」

本気で不思議そうな顔しやがって、全部言わせる気か？　俺に。

「お前、他に友達がいないわけじゃないだろ？　むしろ誰とでもそれなりにうまくやれるタイプじゃないか」

「よく分かんないけどありがとう」

「俺も分かんねえよ、どうしてこんなに歓迎されてないのに、何度も何度も話しかけてくる？　何が目的なんだ？　誰かに頼まれたのか？」

「……？」

押尾《おしお》颯太は、やはり本気で不思議そうにきょとんと目を丸くして、

「歓迎されてなかったのか？　俺」

「ああ？　そりゃそうだろうがよ、こんな毎回テキトーに流されてんのに……」

「てっきり話しかけてほしいのかと思った」

噴き出す。

「冗談！　どんな自意識過剰だよ、話しかけてほしいのかと思った？　俺が？　お前に？」

「俺にっていうか、誰かに？」

「それこそ意味わかんねえだろ！　普段の俺のこと見てないのか？　あいにく友達には困ってないんだよ」

「――そう？」

押尾颯太の反応に、なにやら嫌な予感を覚えた。

まるで心の弱い部分を触られるような、そんな感覚。

そしてそれは、正しかった。

「いつもつまんなそうな顔してるから、話しかけてほしいのかと思った」

「……！」

――困ってる人がいたらすぐ声かけてくれるしね。

誰だったかが、そう言っていたのを覚えている。

まさかこいつ……全部知っているのか？　知ったうえで俺に話しかけてきているのか？

俺を憐《あわ》れんで、お節介を焼いてきているのか？

「……なんだそりゃ」

そんなことを言ってきたのは目の前のこいつが初めてだった。

とうとう俺の薄っぺらい愛想笑いや適当な相槌《あいづち》を看破するヤツが現れた……。

全く、これっぽっちも嬉《うれ》しくなかったといえばウソになる。

しかしそれ以上に——悔しかった。

悔しい、自分の作りあげたキャラが目の前のコイツには通じなかったことが。

あまつさえその裏側を見透かされ、憐れまれたことが。

「こいつは優しくしなきゃいけない人間だ」と思われたことが。

「まあ勘違いだったならごめん、明日から話しかけるのはやめるよ」

颯太《そうた》はそう言ってその場を立ち去ろうとする。

勝ち逃げなんか、死んでもさせるもんか。

気付くと俺は、ヤツを引き留めていた。

「好きな食い物はラーメンだよ」

「え？」

「駅前にある朝日家《あさひや》の醤油《しょうゆ》とんこつラーメン、麺《めん》をかためにして海苔《のり》とチャーシューをトッピングしたやつが好きだ」

「へえ知らないな、今度探してみる」

「別に一緒に行けばいいだろ」

颯太は一瞬、驚いたように目を見開いたが、すぐに「いいね」と悪戯《いたずら》っぽく笑った。

……別に誰にも理解されないのはいい、でも負けっぱなしは俺の性に合わない。

試しに、コイツとだけは真剣にぶつかってみよう。

そうして俺と颯太は――親友になった。


――ぱっかこおん。

その音が俺を現実へ引き戻す。

またも颯太のストライク、会場の熱気は最大まで高まった。

颯太の得点は、すでにぶっちぎりの一位だ。

「っ！」

しかし俺も負けじとストライク、続けてストライク。

そもそも、今までにボウリングでこれほどストライクを連発したことなんてなかったはずだが、一方で達成感は微塵《みじん》もなかった。

悔しい、ただただ悔しい。

他の誰でもない、颯太に負けることが悔しい。

「レン、頑張れ――――っ!!」

円花《まどか》の声援を受けて、あの日の熱が胸の内に蘇《よみがえ》り、内側から俺を焦がす。

そしてついに、その時がやってきた。

「あ」

最終フレーム、颯太《そうた》が投球の直後にそんな声をもらした。

――ぱっこお。

颯太の投げたボールはピンに当たるよりもずっと早いタイミングで曲がり、逆サイドのピンを数本弾《はじ》き飛ばすだけにとどまったのだ。

「うーん、やっぱりちょっとブランクがあるなあ……」

あのどこか気恥ずかしそうな独り言からも分かる。

意図的ではない素のミス――最後の最後で勝機が見えた。

「レン、勝てるぞ!」

「……任せろ」

俺は円花にそれだけ言い残してレーンに立った。今日一番集中していた。

最終フレーム、ここで全てストライクをとれば、ギリギリ颯太の点数を超える。

そうと決まれば、狙《ねら》うは一つ。

三連続《ターキー》ストライクだ。

「ふっ」

——ぱっかこおん。

一投目、ストライク。遥《はる》か遠くから歓声が聞こえる気がする。

しかし俺の心は一ミリも動かない。

続く二投目。

——ぱっかこおん。

これもまたストライク。二連続ストライク《ダブル》。

集中力はかつてない高まりに達し、もはや誰の声も届かなかった。

「……」

そしてラスト一球。

これが決まれば、俺の勝ち。

もはや余計なことは一切考えずに、最後の投球。

俺の制御を離れたボールは、レーンを滑り、一直線にピンの群れへ向かっていって……

しかし、回転がいまひとつ甘かった。

「あっ……！」

——ぱかこーん。

俺の投球はピンのほとんどをなぎ倒したが、しかし全てではなかった。

負けた——

脳がそれを理解した瞬間、身悶《みもだ》えするような悔しさが押し寄せてくる。

「くそっ！」

負けた、負けてしまった、俺はまた颯太《そうた》に負けたんだ。

次第に世界へ音が戻ってくる。

荒くなった自らの吐息が、ピンのはじけ飛ぶ音が、そしてギャラリーの歓声、が。

——歓声？

「レン！　すごいな!?」

「は……？」

割れんばかりの歓声の中、背後から円花《まどか》の声が聞こえてきたので、俺は驚いて振り返った。

なにがすごい？　俺は颯太に負けてしまったのに。

きっとその時の俺はよっぽど間抜けな面をしていたのだろう、円花は更に付け足した。

「——勝ったじゃないか！　アタシたちの勝ちだよ!!」

アタシ、たち？

「あっ」

驚くべきことに、円花からそう指摘されるまで、これがチーム戦だということを本気で忘れてしまっていた。

はっとなって周りを見ると、

「くそぉ――――っ!!　よりにもよってアイツに負けた――――っ!!」

双須《そうず》が悔しそうに地団駄を踏んでいる。

「レンレンやっぱ抜いてたんじゃんかぁ――っ!!　友達に舐《な》めプすんなよチクショ――っ!!」

癇癪《かんしゃく》を起こした佐野《さの》を、他のサッカー部の連中がなだめている。

慌ててスコアボードを確認して、ようやくこの歓声の正体に気が付いた。

――俺たちのチームが一位になっていた。

しかも、さっきの二連続ストライク《ダブル》が決め手となって。

「やったな蓮《れん》、俺たちの勝ちだ」

タイミングを見計らったように、ベンチに座る颯太が声をかけてくる。

「……っ!?」

は、ハメられた！

全部が全部、颯太の思惑通りになって――

歓声が、注目が、全てこちらに向けられている。

これはまずい、この空気は……限界だ、吐き気までしてきた。

「お、おいレン？　どこに……」

「ちょ、ちょっとトイレいってくる……」

円花《まどか》にそう言い残し、俺は逃げるようにその場を離れた。

誰もいないトイレの手洗い場で、俺は一人大きな溜息《ためいき》を吐き出す。

喧騒《けんそう》から離れたこの薄暗い場所は頭を冷やすにはぴったりだった。

……俺はどうして、ボウリングごときであんなにムキになっていたんだろう。

「はあ……」

「ダッサ……」

戻ったらどんな風に取り繕おうか。

どう振る舞えば、今までの「三園蓮《みそのれん》のキャラクター」が守られるだろうか。

鏡に映ったひどい顔の自分を見つめながら、そんなことばかり考えている。

すると、

「──あっ、レンレン！」

「っ!?」

鏡越しに、背後のドアから佐野《さの》の入ってくるのが見えた。

いや、よく見ると佐野だけじゃない。その隣には──本当にいつの間にそんな仲良くなったんだ──彼と肩を組む双須《そうず》の姿もあった。

「なにっ!?　蓮!?」

双須は俺を見つけるなり、目の色を変える。

まずい！　今一番会いたくないヤツに一番会いたくないタイミングで……！

「蓮！　お前さっきの試合――！」

双須が小さなナリで、ずかずかと詰め寄ってくる。

「……っ」

次は一体どんな因縁をつけられるのかと身構えていたら……

ヤツは、俺の肩を掴《つか》んで。

「――感動したっっ！」

「はぁっ？」

素《す》っ頓狂《とんきょう》な声が漏れた。双須は……泣いていた。

俺はこの時、生まれて初めて本物の男泣きというやつを見たかもしれない。

き、気持ち悪い……！

「オレはな！　しょーじき蓮のことを、ちょっぴり……ほんのちょっぴり！　すかしたイヤ～なヤツだと思いかけてたんだ！　でも違った！」

「お、おう……？」

「さっきの蓮はなんつーかこう……ガチだった！　ハートある！　ハートあるよお前！」

拡声器みたいな声で言われて、ばしんばしんと背中を叩《たた》かれる。

わ、わけわかんねえし暑苦しいし痛ぇ。今日はよく背中を叩《たた》かれる日だ。

佐野《さの》、頼むからこいつのことなんとかしてくれ……！

「俺も俺も！　すっっっげぇ――――感動したよ！」

「お前もかよ……!?」

「そらそうだよ！　さっきのもそうだけど、レンレンがカノジョ紹介してくれたのだって俺すっげえ感動したんだぜ！　マジ今日一日でレンレンに感動しっぱなし！」

「はっ？　ちょ、ちょっと待て佐野！　お前が何に興奮してんのかさっぱり……」

「だって今までのレンレンって俺たちと距離取ってたじゃん？」

「……え？」

不意に心の弱い部分を触られるようなそんな感覚があった。

「それって、どういう……」

「あっいやあくまでそんな気がしたってだけな!?　ただの勘違いだったらごめんな!?　でもほら、レンレンってあんま素を出さないっつーか？　いつも周りに気使ってさ、だから俺たちと一緒にいて楽しいのかなー？　なんて不安になることもあって……でもさっきのレンレンは違ったよ！　今日、初めて素のレンレンが見れた気がした！　ぶっちゃけ――」

――ダサいよ、お前。

何度も何度も頭の中で繰り返したあのセリフが再び脳裏に蘇《よみがえ》り、体温が急低下する。

いつもは滑るように回る口が、今日に限ってはうまく動いてくれない。

佐野は、そんな俺に対して──

「──すっっっげぇ──カッコよかった!!」

「……えっ？」

カッコいい？

予想もしていなかった反応に、俺はすっかり面食らってしまう。

「いつものクールなレンレンもカッケェけどさ！　今日のレンレンは特別カッコよかったよ！　なんつーか今日のことで前よりもっと仲良くなれる気がする！　うまく言えないけど！」

「そ、そう、か……」

「あっ！　つか俺漏れそうなんだった!?　また後でなレンレン！　んじゃ！」

佐野は言いたいことだけ言うと、まるでつむじ風みたいにトイレの奥へと消えていった。

一方、手洗い場に残った双須《そうず》は……何故《なぜ》かじぃーっと俺の方を見ている。

「な、なんだよ……？」

「実はオレ、クリスマスイブに円花《まどか》に告ってめっちゃフラれた」

「ぶっ」

藪《やぶ》から棒に言うので、思わず吹き出してしまった。

い……言うのかそれ!?　俺に!?

よしんば言うにしても、今このタイミングなのか⁉

しかし空気を読むこととはいかにも無縁そうなアイツは、構わず続けた。

「いやあ、オレってば円花《まどか》のことめっちゃ好きだったから、断られた時は死ぬほどショックだったんだよねー」

「そ、そうか……」

その話、俺はどんな顔で聞いたらいいんだ……？

「しかもオレは諦《あきら》め悪いからさー、ちゃんとした理由がなきゃ諦めきれなかった。オレじゃダメなんだ！　って納得できる理由がほしかった」

「……」

「それを踏まえた上で」

「それを踏まえた上……デッ⁉」

服の上からでも手形が残るんじゃないかというぐらい、強く背中を叩《たた》かれる。

「──円花の好きな人が蓮《れん》なら、オレも諦められるかもって思ったよ！」

「……そうかよ」

「あっ！　でも完全に諦めたわけじゃないからな⁉　蓮のこと応援はするけどまだ敵同士だから！　……ん？　もしかしてオレ変なこと言ってる？　まあいいや！　そこらへんよろしく！　てかオレも漏れそうだから、じゃっ‼」

二つ目のつむじ風が、奥の方へと吹き抜けていった。

「やっぱりアイツ、俺の天敵だ……」

奥の方から二人のじゃれ合う声が聞こえてくる。

戻ってきたアイツらに絡まれるのは面倒だ、早々に退散しないと。

「はあ……」

俺は溜息《ためいき》を一つ、ヒリヒリする背中をさすりながら、ようやく手洗い場を後にする。

去り際、鏡に映った俺の口角が、少しだけ上がっているような気がした。


「――おめでとうございます！」

「はっ？」

勝負の興奮冷めやらぬ中、なんとなく居心地の悪いものを感じながらもベンチへ戻ると……

待ち構えていた店員から突然祝福の言葉を贈られた。

なんだなんだ？　何事だ？

円花や颯太《そうた》、佐藤《さとう》さんにも目配せするが、どうやらアイツらもイマイチ状況を摑《つか》めていないらしい。

やたら押しつけがましい笑顔の女店員は、困惑する俺たちに説明する。

「当店、ただいま周年イベントの真っ最中でして、三回連続ストライク《ターキー》を達成したお客様に特別なプレゼントを差し上げております！　この度はチャレンジ達成おめでとうございます！」

「た、ターキー？　俺が？　いや、俺は最後のストライクを外したはずじゃ……」

「蓮《れん》、覚えてないかもだけど」

颯太《そうた》がすかさず補足する。

「９フレーム目にもストライクを決めてたよ、だから10フレーム目のダブルと合わせてターキーだ。ちなみにターキーを達成したのはこの中で蓮だけ」

「そ、そうなのか？」

全く気付かなかった。

あの時は颯太に合計点で勝つことだけに夢中だったから……。

「と、いうわけでお客様、特別なプレゼントをご用意してもよろしいでしょうか？」

笑顔の女店員が重ねて言う。

まあ、なんだか分からないけれど、もらえるモノならもらっておこう。

「じゃあ……お願いします？」

「かしこまりました！　では出来上がりまで少々お待ちくださいね！」

店員が百点満点のスマイルで言って、小走りに奥へ消えていく。

……出来上がり？

てっきりしょうもない限定グッズのたぐいを渡されると思っていたのだが……。

ま、いいか、どうせタダだし。

そんなことよりも今は——

「……やってくれたな、颯太」

「なんのことか分からない」

「しらじらしい、ボウリング上手《うま》いのわざと隠してただろ、途中の見え透いた挑発もそうだ、こうなるの分かってやがったな」

いや、この度を越したお節介焼きのことだ。

さっきトイレで起こったことすら、ヤツの計算の内だったのかもしれない。

俺の抱えるトラウマが本当はただの幻想にすぎないと、知らしめるための。

「考えすぎじゃないか？　俺はただ親友と本気で遊びたかっただけだよ」

「よくもまあ、いけしゃあしゃあと……」

「まあ、しいて言うなら俺の親友のカッコいいところを、もっと皆に見せびらかしたいとは思ったけど？」

「……言ってろ」

本当に、本当に不本意だが……今回はひとつ貸しにしといてやる。

「それにしても颯太君も蓮君もすごかったねっ⁉　私感動しちゃった！　円花《まどか》ちゃんも言ってたんだよ⁉　蓮君カッコいいって……」

「うおいコハルっ!?　言うなそういうの！」

「円花《まどか》ちゃんも初めてなのにすごかったし！　ホントーーにみんなすごかったよ！　私以外は！　あははは、私なんてもうお荷物もお荷物で……」

「うおっ、コハルがまたネガってる」

「こはるさん!?　初心者ならガターしなかっただけでも偉いから！　ね!?　円花ちゃんが異常にうまかっただけだから!?」

「……はは」

自分でも驚くぐらい、自然と笑みが漏れた。

それはアイツらのやりとりがウケたとかそういうわけじゃなく、どちらかといえば安堵《あんど》の笑いだった。

俺が気を張らなくたって、結局のところ俺の日常は何も変わりやしない。

いやむしろ、少しだけいい方向へ転がった気さえする。

……もしかしたら、あの日から俺が心配していたことは、ただの杞憂《きゆう》だったのだろうか？

だとしたら、なんて徒労だ。

だとしたら、なんてお笑い草だ。

だとしたら……なんて気持ちの軽くなることだ。

これからは、もう少し肩の力を抜いて生きてもいいかもしれない。

目の前の光景が俺に初めてそう思わせてくれた……。

――などと呑気《のんき》に構えていた俺は、その後戻ってきた店員を見て、本気で自らの選択を後悔することとなる。

「たいへんお待たせいたしました！　こちら景品のドリンク、恋のサクラバ・フロートになりまーす！」

「えっ」


――そして冒頭へ戻る。


……つくづく慣れないことはするもんじゃない。

火にくべられた石炭みたくカッカと火照った頰《ほお》で冷たい風を切りながら、しみじみ思う。

気温で言えば氷点下にも近づこうというほどだが寒さは感じなかった。

ただただ全身が熱い。

そしてそれは隣を歩く円花も同様に、だ。

「恥ずかしすぎて死ぬかと思った……」

「マジでな……」

円花を駅まで送るからと言ってあのバカップルと別れ、まあまあ時間が経《た》ったはずだが……

一向に顔から赤みが引かない。

恐るべし、恋のサクラバ・フロート。

佐藤《さとう》さんに偽装交際の件がバレなかったのは不幸中の幸いだが……。

……うっ、思い出したらまた顔が熱くなってきた。話題を変えよう。

「そ、そういえば円花《まどか》、終電は間に合いそうか？」

「ええと……まだ次の電車までかなり余裕ある」

「そうか、ならいい」

「……ていうかレン、今日も駅まで送ってもらって悪いな」

「そりゃカレシだからな」

「ははは……」

もういい加減にお互いこんな軽口で照れたりはしない。

たった一週間の間に、それよりもずっと恥ずかしいことをいくつも経験したからな。

しばらくは二人とも無言でざくざくと雪を踏みしめた。

別段、居心地の悪い沈黙ではなかった。

「……そういえば、さ」

円花が話を切り出す。

「さっきのクリームソーダで思い出したんだけど、小学生の頃にも二人でクリームソーダ飲んだことあるよな、桜庭《さくらば》駅前の喫茶店でさ」

「円花お前、マジでよく覚えてるな……」

「忘れないだろ、あれは」

「……まあ、そうか」

忘れっぽい俺でもさすがにあの日のことは鮮明に思い出せる。

泣きじゃくる円花の顔も、タバコ臭い店内も、奇妙な笑い方をするボーダーシャツの店主も、初めて飲んだクリームソーダの感動も。

円花は照れくさそうに白い息を吐く。

「懐かしいよなー、さすがに店の場所までは覚えてないけど……確かこのへんだっけ？」

「……なくなったよ」

「え……」

「『まりーん』だろ？　なくなったよ、あの後すぐ、店主も相当歳《とし》いってたしな」

「そ……そっか、残念だな、もう一回ぐらい行ってみたかったのに……」

……そんな分かりやすく切ない顔すんなよ。

「あれから五年も経《た》ってる、仕方ないさ」

「うん、そうだよな、そりゃそうだよ……」

円花は自分に言い聞かせるように何度も頷《うなず》いていた。

たった一度訪れただけの場所がなくなって、これほど感傷的になれる彼女のことが難儀だと思うし、少し羨《うらや》ましいとも思う。

それとも、円花《まどか》にとってあそこはそれだけ特別な場所だったのだろうか？

「……でも、レンはあの頃と変わってなくて安心したよ」

「小六の時と変わってないって？　全然嬉《うれ》しくねえんだけど」

「いや違うって、そういう意味じゃない。レンは変わったよ、あの頃と比べて、なんつーかすげー大人になった。……でも、それが不安だったりもした」

「不安？」

「うん、レンがアタシの知ってるレンじゃなくなってたらどうしよう、アタシと遊んでた頃のことなんか全部忘れて、一人だけ大人になってたらどうしよう」

「……」

「高校生にもなってまだそんな子どもみたいなこと言ってんのかって、そういう顔されたらどうしよう……って、ついさっきまでは不安だったんだ」

「で、実際は？」

「変わらず、カッコイイよ」

そのあまりにもまっすぐな言葉に。

不覚にも、

不覚にも少しだけ、心が揺れた。

「さっきのレンは、確かにあの頃アタシの憧《あこが》れたレンだった。なんにでも真剣で、全力で、世の中のこと全部が楽しくて仕方ないって顔してさ。いや別に大人になったレンがイヤってワケじゃないけど……でも、そういうところがまた見られて嬉《うれ》しかった」

「……そうか」

普段の自分からは考えられらない口下手さに、密《ひそ》かに驚く。

思うに、自分の大事な部分を長く奥の方へしまっていたせいだ。

外側の殻ばかり硬くなって、中身がまだ未成熟のままなのだ。そこを触られると、どう反応していいのか分からなくなる。

一方で今日の円花《まどか》は……よほど機嫌がいいと見える。いつもより遥《はる》かに饒舌《じょうぜつ》だった。

「アタシはレンのそういう部分がまた見たかったたし、他の奴《やつ》らにも見せびらかしたかった、勝手な話だけどレンを誤解されたくなかったんだ」

「誤解か」

「うん、お前らが見てるのはレンのうわべだけだ！　こいつホントはもっとカッケェんだぞ!?　ってな感じで……正直それでムキになってた部分もあるのかもな、はは」

「それ、颯太《そうた》にも似たようなこと言われた」

「ソータ、ソータなー、アイツは思ったより全然すごいヤツだった、さすが蓮《れん》の親友だ。アタシはどんなに頑張ってもレンのこと本気にさせられなかったのに、ちょっと妬《や》いた」

「……てか、今さらだけど」

「うん?」

「悪かったな、ウソとはいえせっかくのデートだったのに俺ばっかりはしゃいで、円花のこと完全にほったらかしだった」

サクラバ・フロートもまあ、恥ずかしかったけど……そりゃあ顔から火が出るぐらい恥ずかしかったけど……

実を言えば、そっちの方が圧倒的に恥ずかしかった。

颯太に負けたくない一心で、途中から円花のことを忘れてまで夢中になってしまった。

これはさすがに、ダサい。

「……」

円花はしばらく黙って、俺の隣を歩いていた。

……怒ったのだろうか?

反応を窺《うかが》おうと、そちらへ振り向いたところ。

「いて」

頬《ほお》を「ぎゅっ」とつねられる。

「……レン、お前その見た目で真面目すぎ、もっとシンプルに考えろよ」

円花《まどか》は……笑っていた。

今まで見たことのない、少女のようなあどけない笑顔だった。

「レンが楽しかったら、アタシも楽しいに決まってるだろ」

「──」

円花は悪戯《いたずら》っぽく笑いながら言うと、踊るように俺の下を離れた。

彼女の金色の髪は雪景色にあってこそ映えるのだな、とぼんやり思った。

「まあ、でも？　本物のカノジョだったらどうか分からないし？　優しい優しいニセカノジョ様に感謝するんだなー」

「……」

先へ行く彼女の背中を眺めながら、つねられた頰《ほお》をさする。

……円花の言葉で、円花の笑顔で。

ずっと胸の内でつかえていたものが、腹の底にすとんと落ちるような感覚があった。

前も言ったかもしれないが、俺は女子にモテる。

これは自惚《うぬぼ》れではなく単なる事実だ。

でも、どんな女子に言い寄られても、ついぞしっくりくることはなかった。

案外そういうものなのかと割り切っていたけれど、ああ、違ったのだ──

「これがそういうことか……」

「？　なんか言った？」

円花がくるりとこちらを振り返る。

俺は尋ねた。尋ねずにはいられなかった。

「円花は双須《そうず》のこと、どうして振ったんだ？」

「え」

不意を突かれて驚くような、痛いところを突かれて呻《うめ》くような声だった。

「……双須から聞いたのか？　いやまあ確かにあいつの性格なら自分から言いそうだけど」

円花はしばらく「あ――……」と意味のない声を漏らして、ばつが悪そうに言う。

「そうだよ振った、理由は……なんか、そういうのよく分からなかったんだよ」

「分からなかった？」

「いや、だってほら！　アタシだぜ!?　分かんねえもん恋愛なんてさ！　あはは……」

表情筋のこわばりを、無理やり「笑顔」というカテゴリに押し込んだような、ひどくヘタクソな自嘲《じちょう》だと思った。

「つまり双須のことが嫌いなわけじゃなくて、恋愛についてよく分からなかったから振ったって？」

「ああそう、そうだよ、双須は別に悪いヤツじゃねえけど、分かんねーのに付き合ったってしようがないだろ？　てか、これから分かるとも思えねえしさ」

「……そうか」

冬の夜の凍《い》てつく空気は、俺の思考をまとめさせるのに十分な働きを見せてくれた。

円花《まどか》の言葉が、俺の中の感情が、そして今俺たちを取り巻く状況が。

一つずつ頭の中で整理されていく。

俺の「今後の方針」が固まっていく。

「だ、だからさ……今の偽装交際？　アタシは結構、きっ、気に入ってるんだよ！　レンが相手ならそんなに気も使わなくていいしな！　レンさえよければアタシはカレシとか作らないで、このままでもいいかなーなんて……」

「そのことなんだけどさ」

「うん？」


「もう終わりにしよう、それ」

ざく……、
円花が歩みを止めて、俺の方を振り返った。
「……え？」
蚊の鳴くような、ひどく弱々しい声だった。

「終わり……？」

「ああ、偽装交際は今日で終わりだ。表向きは普通に別れたってことにする、人からなんで別れたか聞かれたら自由に答えてくれ、いきなりフラれたとか、性格が合わなかったとか、俺が浮気性だったからとか……理由は任せる。今まで付き合わせて悪かったな」

「……え、あ、アタシ、なんかレンの気に障るようなこと……でも……？」

「いや」

「す、すぐ怒るからか？　それともあんまり女の子っぽくないから……？」

「特に何も」

「だって、じゃあ、なんで、そんな急に……」

「――フェアじゃないから」

そうとしか答えようがなかった。

それ以上言葉を重ねると、重ねてフェアではなくなってしまうから。

だから俺は、はっきりと言い放つ。

「さっきのボウリング勝負は俺の勝ちだ。負けた方がなんでも言うことを聞く、そういうルールだ」

「そんな……急に……」

「明日からはただの幼馴染《おさななじみ》に戻ろう」

円花《まどか》は……

「……そっか」

そう言って、最後に笑った。

いつも気丈な彼女からは考えられない、今にも消えてなくなりそうな笑顔だった。

「じゃあレン、ここまででいいよ」

「……駅までもう少しあるけど」

「いい」

弱々しい声だが、そこには確かな拒絶があった。

「もうカノジョじゃないからさ……ああいや、別に元からカノジョじゃないか、はは……じゃあ短い間だったけどありがとう、楽しかったよ」

円花は最後にそれだけ言い残すと、俺の前から姿を消した。

◆

どうやって駅までたどり着いたのか、はっきり覚えていなかった。

足元がふわふわする。周りの景色全てがハリボテに見える。

どれもこれもイマイチ現実感がない、まるで夢でも見ているような感覚だった。

「……」

自分がまっすぐ歩けているのかも定かでないまま、人もまばらな待合室に入り、椅子《いす》に腰かけた。いや、「かける」というよりは体を「投げ出す」という表現の方が正しいかもしれない。

それぐらい、疲れていた。

「……」

思考がまとまらない、自分が今なにを感じているのかすら分からない。

確かに頭の中にあるのは「もうなにもしたくない、早く帰って横になりたい」この一点だけだった。

しかし、そんな時に限って、

「──村崎《むらさき》さん、だよね？」

アタシに声をかけてくる者がある。

「……」

億劫《おっくう》に感じながらもそちらを見やれば……いつからだ？　隣に座った一人の女子が、まんまるい目でアタシの顔を覗《のぞ》き込んできている。

……なんというか、いかにも今風な女子高生。

アタシにはよく分からないけれど、髪型もメイクも表情のつくり方一つとっても、きっと流行《はや》りに合わせたものなのだろう。率直に言って可愛《かわい》らしい女子だった。

でも、

「……？」

誰？　本当に分からない。

いや、制服を着ているからにはサクコー生だろうってことは分かるけど……しかしこの声、以前どこかで聞いたような……。

「さっきボウリングの時にいたんだけど……話してないから分からないか。私は桜庭《さくらば》高校サッカー部マネージャーの梅久保《うめくぼ》紬《つむぎ》！　よろしくー！」

「……ああ」

合点がいった。

確かにさっきボウリング場でちらっと見かけた記憶がある。

そしてそれ以上に彼女はクリスマスイブ、電話の向こうでレンと話していた女子だ。

なるほど電話越しに感じた通り、愛嬌《あいきょう》があって都会的な女子だった。私とは違って。

「さっきのボウリング、超～盛り上がったね!?　てか村崎《むらさき》さんは初心者なんだって？　びっくりしちゃった！　全然そんな風に見えなかったし！」

「……別に、大したことない」

「あるある！　大したことあるよ！　私ボウリングなんてすぐに手首痛くなっちゃうからそんなに点数取れないもんなあ、今度コツ教えてコツ！　女子だけでボウリングいくのはどう!?」

「……」

普段ならもう少し優しく対応したかもしれない。乗ってやったかもしれない。

でも、ダメだ。

死ぬほど疲れていたのはもちろんあるけれど——アタシはそもそも女子同士の駆け引き、が、本当にニガテなんだ。

「悪い、電車もうすぐきちゃうからさ」

「あっ！　ごめんごめん！　そうだよね⁉　私どうしても村崎さんと仲良くなりたくって、じゃあまた明日学校で……」

「——用件だけ、手短にお願いしてもいいか？」

女子同士の駆け引きはニガテだけど、アタシも一応女子だ。

なんとなく、そういうのは分かってしまう。

「……あー」

梅久保は、こちらのスタンスを理解したらしい。

苦笑する彼女の声音から、なんというか女性らしい丸みがなくなった。

彼女は足を組み替えて「そっか、そうだね」なんて何度か頷《うなず》いたのち、問いかけてくる。

「じゃあ単刀直入に訊《き》くけどさ、村崎さんって本当に蓮《れん》と付き合ってる？」

「っ」

何かあるだろうとは身構えていたけれど、そのうえで虚をつかれてしまった。

「……なんで、そんな」

驚くアタシへ、梅久保《うめくぼ》は更に畳みかけてくる。

「なんていうか……女の勘？　言い回し古すぎ？　まあともかく二人の距離感見てたら、あれ？　この二人本当に付き合ってるのかなー？　なんて思っちゃったりしたワケ」

「……」

まずい、バレた。いや、もうバレてもいいのか？　とにかくなんて反応するのが正解だ？

思考がたちまちごちゃごちゃになって、

「──あとなんか、あんま釣り合ってる感じしなかったし？」

「え……」

そしてその一言で、完全に頭の中が真っ白になった。

「なんとなく、なんとなくね、私がなんとなくそう思ったってだけの話だからさ」

梅久保の声が、まるでどこか別の世界から聞こえてくるかのようだった。

「……付き合って、いたよ」

そう答えることができたのは、私に残った最後の理性か、それとも単なる意地なのか。

「ついさっき、別れたけど」

どちらにせよ、もうどうでもいいことだ。

電車の揺れが、やけに頭に響く。

強すぎる暖房もあいまって、なんだか気持ち悪くなってきた。

「……」

ついさっき、別れたけど。

自分で発した言葉のはずなのに、いや、だからこそなのか。その言葉はアタシの中で反響して一向に鳴りやんでくれない。

……梅久保はきっと、アタシがレンと別れたことを言いふらすだろう。

別に悪いことではない。むしろこちらの手間を省いてくれてありがとうと礼を言わなければならないぐらいだ。

アタシとレンの偽装交際は、たったの一週間で終わったのだから。

「……」

——釣り合っていない、と梅久保は言った。

それは全く、その通りだと思う。

子どもの頃ならまだしも、アタシみたいに田舎臭くてガサツな女と、今のレンが釣り合うはずもない。どちらかといえば、梅久保の方がよっぽど釣り合いがとれている。

うん、梅久保とレン、まあまあお似合いのカップルになると思うよ。

どっちもオシャレで、垢抜《あかぬ》けてて、今風だ。

……そういえば最後にレンが「フェアじゃないから」とか言ってたっけ？

あの時は頭が真っ白になってしまって、言葉の意味をしっかりと汲《く》み取ることができなかったけど、もしかしてこういうことなのかな？

アタシとレンでは、バランスが悪いという話なのかな？

「……あれ？」

不意に、窓の外を流れる光の粒が、ぼんやり滲《にじ》んでいるのに気が付いた。

なんだろう？

目をこすってみて、そこで初めて自分が泣いていることに気付いた。

一度気が付くと、それはあれよあれよという間に、とめどなく溢《あふ》れてくる。

なんでだろう、なんでこんなにも悲しいのだろう。

いつか解消される偽りの恋人関係が、ただ予定通りに終わっただけの話なのに。

アタシは何に対して泣いている？　どうしてこんなにも胸を締め付けられている？

分からない、何も、ただ悲しい。

……ああ、車両にアタシしかいなくて、本当によかった。

早く、眠りたい。

五枚目　フェアじゃない

「円花《まどか》との偽装交際、やめたから」

ボウリングの日の夜、電話で伝えると、颯太《そうた》は。

「それでいいんだな」

と言い、それ以上は何も追及してこなかった。

驚くわけでもない、責めてくるわけでもない、残念がる素振りも見せない。

ただ最後に。

「これから大変だなあ」

それだけ言って、苦笑していた。

……コイツ、どこまで分かってるんだ？

次の日、アタシが登校すると奇妙なものを見た。

「なんだあれ……？」

廊下の隅っこの方に、やたらキラキラしたサクコー女子が一人と、その周りを囲むようにカワコー女子の三人組がいる。

少しだけ混乱したのだが、どうやらお互いに制服を交換しているようだった。

そんな奇妙な一団が、なにやらスマホのカメラに向かって身体《からだ》を揺らしている。

……いや、あれはダンスか？

あまりにゆるい動きだから一瞬分からなかった。

「……はいオッケー！　いい感じいい感じー！　皆ありがとねー！」

「は、はああ、マジ緊張した……」

「う、うわあ！　私あのヒメちゃんと踊っちゃった⁉」

「ヒメちゃんさんっ⁉　私たちうまく踊れてましたっ⁉」

「いやド下手……じゃなくて～、こういうのはほら、素人《しろうと》感が逆に味みたいな～？」

「そうなんですね！　勉強になるなあ」

「やっぱりトップミンスタグラマーは違うね」

「とりあえず皆おつかれさま～、あとこの動画、今日の夜ぐらいにアップするからね～」

どうしよう私たち有名になっちゃうよ！　ときゃいきゃいはしゃぐカワコー女子たち。

その一方で「ヒメちゃんさん」と呼ばれるサクコー生が、

「うふふ、バズの音が聞こえるー……」

邪悪な笑みを浮かべていたのを、アタシは見逃さなかった。

「こっわ……なんだあれ……」

触らぬ神に祟《たた》りなし。

アタシはその一連の流れを見なかったことにして、早々にその場を立ち去り、教室へ向かおうとした……が、

「──円花《まどか》ちゃああああああああああああああああん!?」

「うわっ!? なんだ!?」

背後からサイレンみたいな音が聞こえてきたかと思ったら、いきなり抱き着かれた。

振り返ると、季節外れの蝉《せみ》みたくコハルがアタシの背中にひっついている。

「こ、コハル? 朝っぱらから何を……」

「──見てよ! アレぇっ!」

それより先に涙でぐずぐずになった顔をなんとかした方がいいと思うけど……。

という言葉はなんとか呑《の》み込んで、言われた通りにコハルの指す方向へ視線を向ける。

……これもまた、不思議な光景だった。

「ねえねえ押尾《おしお》君ってボウリングプロ級にうまいってマ!? サッカー部の友達から聞いたんだ

けど！」

「わ、私のこと覚えてますか？　昨日サクラバボウルにいたカワコー生なんですけど、その、押尾さんがすごくかっこよくって、よければ私にもボウリング教えてほしくって……！」

「てかアタシ同クラなのに押尾くんの連絡先知らないかも!?　ミンスタ交換しよ！」

「え、えーと、ごめん、ミンスタはカフェの公式のヤツしか持ってなくって……あと俺カノジョいるから遊びに行くとかは、ちょっと……」

「――押尾くんカフェの公式のミンスタとかやってるの!?」

うおお、なんだアレ……。

ソータが朝っぱらからめっちゃモテてる……サクコー女子からもカワコー女子からも……。

「……どういう状況、これ？」

「昨日の！　ボウリングで！　颯太《そうた》君の株価が大暴騰してるのっ！　うわあああああん！」

「ああー……」

納得。

いつの時代もスポーツのできる男はモテる。ギャップ効果が加わればなお、だ。

実際に昨日のソータ、ちょっとカッコよかったしな。

「いつもみたいに『ダメなんですけどっ』って止めに入れば？」

「そんなことしたら私が颯太君に重い女って思われちゃうううううっ!!」

「め、めんどくさ……」

というか、アタシにどうしろと……？

……あとコハル、お前の親友がすぐそこで腹抱えて笑ってるんだけど。

「あはははははっ!! ひばっち！ わさび！ 見なさいよこはるのあの情けない顔！ やっぱり神様はちゃんと見てるのね！ この前あれだけ私のこと馬鹿《ばか》にしたバチが当たったのよ!! あー面白すぎておなかがちぎれちゃう！」

「みおみお、地の性格の悪さが出ちゃってるよぉ……」

「押尾《おしお》君とは反対にみおみおの株価はストップ安を記録しております、ウォール街の悪夢再び、こりゃまたモテなくなるぞ～、次の劇ではいっそシンデレラのお母さん役とかやってみる？」

他人の色恋沙汰《ざた》で朝からやいのやいのと賑《にぎ》やかな連中だ……。

あまりのバカバカしさにあてられて、思わず「ははっ」と笑みをこぼした。

その時だ。

「……あれ」

頬《ほお》に、何か冷たいものがつうと伝うのを感じた。

ソレは正しくアタシの目から「こぼれ落ちた」のだ。

「っ！」

まずい、気が緩んで――

アタシはたった一滴のそれを慌てて袖《そで》で拭《ぬぐ》う。

幸い、誰もアタシを見ていなかったようで――。

「……円花《まどか》ちゃん？」

……いいや、見られてしまった。

よりにもよって一番見られたくない人物に、一番見られたくないものを。

「いや、コハル違うんだ、これは……！」

「――緊急集会」

「えっ？」

「緊急集会っ！　緊急集会だよっ！」

「き、緊急集会？」

「円花ちゃん！　今日の放課後あけておいて！」

「はあ……？」

「みおみお！　わさび！　ひばっち！　みんな集合――っ!!」

コハルはさっきまでわんわん泣いていたのも忘れて、何事かの準備を進め始めた。

アタシときたら完全に置いてけぼりだった。

一体、何するつもりだよ……？

♧

「――おい蓮《れん》!?」

昼休み、購買へパンを買いに行こうとしたら、人気《ひとけ》のない廊下で突然呼び止められた。

……ああ、思ったより早かったな。

振り返ると、そこには予想通り肩を怒らせながら階段を下りてくる双須《そうず》と、その隣に……こっちは予想外、佐野《さの》の姿がある。

「どうした?」

「どうしたじゃないだろ蓮!?　聞いたぞ!　円花《まどか》と別れたんだって!?」

「俺もマネちゃんから聞いたよ!　てかクラスでめっちゃ噂《うわさ》になってるし!　なんで?　レンレンなんで!?　昨日喧嘩《けんか》とかした?」

……ま、案の定その話だよな、分かってたよ。

佐野はただただ困惑しているが、双須に至ってはもう完全に噴きあがっている。

それも当然か。

「蓮!　オレはお前なら円花を幸せにできると思って……!　断腸の思いで……っ!　断腸の思いだぞ!?　そんな痛そうな思いまでして一応は祝福したのに!　それをどうして……!」

「その件なんだけどさ」

「なんだよ！」

「俺と円花、最初から付き合ってない」

「あっ？」「えっ？」

双須と佐野が同時に素《す》っ頓狂《とんきょう》な声を漏らす。思った通りの反応だった。

「――嘘《うそ》なんだよ全部、成り行きで仕方なく恋人のフリしてただけ、いわゆる偽装交際ってやつ、まあそれも昨日解消したけど、ともかく俺と円花は付き合ったことなんてない、キスだってしてないぜ」

まあ手を繋《つな》いだり、壁ドンしたり、お姫様抱っこをしたりはしたけど、そこはそれ。付き合ってないからには、その行為以上の意味はない。

「まっさらだ、俺は円花になにも手を出してない、、、、」

「……」「……」

本当に仲がいいな、二人同時に黙っちまった。

まあ、この後の展開はだいたい予想できるけど……。

「おっ……」

双須の肩がぶるぶる震えだす。

分かりやすく、怒っていた。

「──お前！　蓮《れん》っ！」

「やめろカッちゃん!?」

双須《そうず》がイノシシみたいに突っ込んでくるのを、佐野《さの》が後ろから羽交い絞めにした。

小さいくせにすごい迫力だったが、俺は一歩もその場を動かなかった。

「蓮！　お前……！　サイテーだ！」

「カッちゃん落ち着いて!?　ここ学校！　学校だから!!」

「これが落ち着いてられるかよ!?　自分の好きな女がここまでコケにされてんだぞ!?　──いいか蓮！」

双須はまっすぐに俺を見つめながら、まくし立てる。

「一瞬でもお前をいいヤツだと思ったオレが馬鹿《ばか》だったよ！　サイテーだ！　オレは恋愛のことなんてぜんぜんわかんねーけど、それでも……!!　それでも円花《まどか》の気持ちは分かったぞ!?」

「ストップストップ！　カッちゃんいったん話し合おう!?」

「こんなやつと話すことなんかない！　たとえ嘘《うそ》でも！　好きな人にフラれるのがどれだけ辛《つら》いことか！　蓮は分かってな──」

ぴたり、と。

双須のヤツが突然、充電でも切れたかのように静かになる。

……あー、気付いちゃったか。

「か、カッちゃん……？」

これには必死で取り押さえていた佐野も驚いていた。

一方で俺は、小さく嘆息する。

……ひとえに今回は佐野がイレギュラーだった。

佐野が止めなければ、双須は感情のままに俺を殴り、思いきり怒鳴りつけて、俺の思惑には気付かないまま行動に移したかもしれない。

でも、

「ちょっと待て、蓮、お前もしかして……」

取り押さえられたことで一旦《いったん》冷静になった双須は、その考えに至ってしまった。

俺の意図に、気付いてしまった。

そして気付かれたからには仕方ない。

「──だって、フェアじゃないだろ」

「……っ!?」

俺がそう言うと、双須は振り上げた拳《こぶし》をわなわな震わせた。

彼の表情を一言で説明するのは非常に難しい。人間はこんなにも複雑な表情ができるのかと感心してしまったほどだから。

「ぐ……」

結局、双須《そうず》がその拳《こぶし》を振るうことはなかった。

代わりに、きっと俺を睨《にら》みつけて、

「――いいんだな!?　本当にそれで!!」

俺は答えなかった。ただ双須の目をまっすぐ見つめていた。それが答えだった。

「ああっ、もう、くそ……！」

双須は自分の感情をどう処理したらいいのか分からないようで、声にならない呻《うめ》きをあげたのち……。

「蓮《れん》！　お前はホントーにサイテーだけど！　オ、オレは殴らないでおいてやる！　後悔したって遅いからな!?」

最後にそんな捨て台詞《ぜりふ》を残して、双須は肩を怒らせたままその場を立ち去る。

「相変わらず暑苦しいヤツ」

「ど、どういうこと……？」

残された佐野《さの》だけがこの状況を把握できず、頭の上に疑問符を浮かべていた。

◆

結局、コハルの言う「緊急集会」とはなんなのか分からないまま、放課後になってしまった。

「……村崎《むらさき》さん、大丈夫？」

隣に座るカツラコが尋ねてくる。

雨が降ろうが槍《やり》が降ろうが、いつも太陽みたいに明るいカツラコだけど、今日に限っては様子が違う。

理由は分かり切っている、どこかでアタシの噂《うわさ》を耳にしたのだろう。

そりゃ心配もするか、昨日の今日だもんな。

「心配するなよカツラコ、女はこういう時に切り替え早いらしいしさ」

「……それはちゃんと吐き出すからだよ、村崎さん」

「へえ、そうなのか」

今まで女の子らしいことなんてとんとしてこなかったから知らなかった。

カツラコは誰とも付き合ったことないくせに、なんでも知ってるなあ。

「だからその、私はいつだって話聞くし、村崎さんも溜《た》め込んだりしないでさ……」

「……ありがとカツラコ、お前は優しいな」

今日ほど彼女の存在に感謝した日はない。

しみじみ感じ入っていると……まるで稲妻のような音が鳴って、教室の引き戸が開いた。

「えっ」「あっ」

「――いた！　円花《まどか》ちゃん！」

聞き覚えのありすぎる声に振り向くと、そこには……息を切らせたコハルの姿がある。

どうやら授業が終わるなり、走って駆けつけたらしい。

「迎えに来たよ！　行こう！」

「行くって……どこに？」

「──決まってるでしょ！　緊急女子会！」

「じょ、女子会ぃ……？」

アタシとカツラコは、互いに顔を見合わせた。


「……で、なんでわたしの家なのー」

そう言って、この部屋の主である「ヒメちゃんさん」は、ぶすうっと頬《ほお》を膨らませた。

朝踊っていた時の上機嫌な彼女とは一八〇度転換して、見るからに不機嫌そうだ。

そりゃそんな顔にもなるさ、女子会だなんだと言って突然こんな大人数でぞろぞろと部屋に押しかけりゃ……。

「へえ、姫茴《ひめうい》あんたこんな広い部屋に住んでるのね、ちょっと散らかってるけど」

「すごぉい！　クローゼットの中、可愛《かわい》い服がいっぱいだよぉ」

「うわうわうわ……SNSマーケティングの指南書と女性誌ばっかり……マンガも小説もない……世界で一番つまらない本棚だ……」

「ちょっとあんたらー！　わたしの部屋物色しないでー！　というかこはる！　あんた主催でしょ!?　どうにかしなさいよー!?」

「姫茴さん……これってあれだよね!?　配信する人とかが使う輪っかのライト！　ねえねえねえどうやって使うの教えて教えて教えて!?」

「ぎゃ――っ!!　もうあんたら人のもん勝手に触るなーっ！」

各々が好き勝手に動き回るから、とうとう家主もブチギレててんやわんやの大騒ぎだ。

これに参加していないのは、未《いま》だ入り口付近で立ち呆《ほう》けているアタシとカツラコだけである。

「……つい流れで来ちゃったけどアタシここにいてもいいのかな……ほぼ初対面なんだけど」

「私なんてここにいる全員が初対面だけどねっ」

そう、アタシはともかくカツラコに至っては「円花《まどか》ちゃんの友達だから！」というだけの理由で、あれよあれよという間にここまで連れてこられてしまった。

「でも私サクコーでできた友達の家に遊びに行くの夢だったの！　叶《かな》っちゃった！」

「……カツラコはどこにいてもマイペースだな」

まあ、マイペースというならアイツもそうか。

「ねえねえねえ姫茴さん！　これあれだよね！　お顔コロコロするやつ！　お顔コロコロするやつでしょ!?　私もやっていい!?　お願いお願いお願い！」

「もうやだー！」

もうそろそろヒメちゃんさんが泣きだすぞ。

ともかくこのままでは収拾がつかないので、アタシはコハルに詰め寄って、

「――いい加減にしろ」

「ぎゃっ!?」

ぱかん、と空箱を叩《たた》いたような音が鳴った。

こはるの頭は相変わらずいい音がする。

「ま、円花《まどか》ちゃん……？　痛い……」

「あんま人んちではしゃぐな、お邪魔させてもらってる立場だろこっちは、そこの三人も、室内ではまずコートぐらい脱ぐのが礼儀だぞ」

「はーい」「はぁい」「了解ウォッチ」

女子会であれなんであれ、人として当たり前の礼儀は通すべきだ。

そう思っての注意だったのだが……、

「ああ、やっとわたしぐらい常識ある人が増えたー……」

そんな当たり前の行動に、ヒメちゃんさんは何故《なぜ》か感極まって泣いていた。

……苦労してそうだな、彼女も。


仕切り直して。

「何人かは三輪《みつわ》アニマルランドで顔を見た気もするけど……アタシは村崎《むらさき》円花、カワコー生、元々は桜庭《さくらば》に住んでた。で、こっちが」

「私は完全初対面っ！　緑川《みどりかわ》高校二年の垂水《たるみ》桂子《かつらこ》っ！　素敵なカレシはオールタイム募集中なので以後よろしくっ！」

とまぁ、そんな感じで。

円になって座ったアタシたちは、とりあえず簡単な自己紹介を済ませた。

この部屋の主が「姫茴薫《ひめういかおる》」、
つんとすましてるのが「五十嵐澪《いがらしみお》」、
ぽけーっとした感じのが「樋端温海《ひばたあつみ》」で、
あそこで持参した菓子をバリボリと貪《むさぼ》り食っているのが「丸山葵《まるやまあおい》」だ。

よし覚えた、覚えたところで……

「……で？　これは結局なんの集まりなんだよコハル」

「円花ちゃんのお話を聞く会！」

清々《すがすが》しいぐらいの即答だった。

「いやね！　私は今朝、円花ちゃんの顔を見てぴーんときちゃったの！　円花ちゃんはいま蓮《れん》君とのことで何か悩んでるってね！」

「……ああ」

「ってことは三人寄ればなんとやら！　円花《まどか》ちゃんがこれからも蓮《れん》君と仲良くやっていけるように皆で知恵を出し合うしかないなあと……！」

「――昨日別れたよ、アタシと蓮」

「ひゅっ」

さっきまで得意げに語っていたコハルの顔が、さーっと青ざめる瞬間を見た。

他の連中の反応にコハルほどの驚きはない、ただただ気まずそうだ。

おそらくコハル以外の面子《メンツ》は全員どこかしらで小耳に挟んだのだろう。

「どうりで、なんかコハルだけテンションが変だと思った」

「な……なんでなんでなんでっ⁉　昨日まであんなに仲良さそうだったのに⁉　どうして別れちゃったのっ⁉」

「つーか別れたってのも正確じゃないな、そもそも付き合ってないし」

「え？」

これに関してはその場の全員が驚いて目を丸くしていた。

こうなってしまった以上、もはや隠しておく必要もないだろう。

「面白くもない話だけど、せっかく集まってくれたんだし話すよ、全部」

――かくして、アタシは三輪《みつわ》アニマルランドでの一件から今に至るまでの経緯を、かいつまんで説明した。

三輪アニマルランドでの嘘《うそ》、誤解、偽装交際、そしてその解消。

全部を全部、正直に話した。

「……とまあ、こんな感じ」

薄々感づいていたことだけど、アタシはそもそも隠し事が得意なタチではないらしい。

全て語り終えると自分でも驚くぐらいすっきりした。

反対にこれを聞いた皆は、揃《そろ》って難しい顔をしていたけれど。

「う、うーーーん……？」

「……ごめん皆、これ理解できないの私だけ？」

「だいじょぶみおみお、私も理解できてないよん」

「え、ええとぉ、三園《みその》君は自分から偽装交際を持ち掛けてきてぇ、でもそれをなかったことにしてぇ……？」

「……サイテーじゃねー？」

「ちょっ、姫茴《ひめうい》っ!?　そんな明け透けなっ!!」

「はは、いいよ、実際その通りだと思うし」

むしろそう言ってくれたことで胸がすっとしたぐらいだ。

改めて経緯を振り返ってみたら蓮のヤツ、なんて自分勝手なんだ。

元はといえばアイツが吐《つ》いた嘘のせいなのに、アタシは最初から最後まで振り回されてばっかりだ。

「コハルも騙《だま》すようなことして悪かったな……怒ったか?」

「いや……怒ったりとかは……全然ないんですけども……」

「じゃあなんでそんな小さくなってるんだよ」

「いや……あの……まず空気読まずに円花《まどか》ちゃんを遊びに誘ったことへの申し訳なさもあるけど……人の別れ話って……思ったよりクるね……自分と重ねちゃったりしたら、なんかこう、心が……ごめん、一番辛《つら》いのは円花ちゃんなのに……」

「ははは、だからそもそも付き合ってないんだって」

「……でも、そうなると蓮《れん》君の最後の言葉が気になるね?」

おそらく皆が疑問に思っていたことを最初に切り込んだのはカツラコだった。

「フェアじゃない、ってどういう意味なんだろ?」

ううん、皆が低く唸《うな》る。

「フェア……? フェア? なにに対して? 勝負じゃあるまいし」

「円花ちゃんと蓮君の今の関係がフェアじゃないってことかな?」

「どこが? むしろ話を聞く限りお似合いのカップルだと思うんだけどにゃあ」

「うう――ん、私全然分からないよぉ、周りに嘘《うそ》吐き続けるのが辛くなったとかぁ……?」

「そんな小心者が偽装交際なんてフツー申し込むー?」

　皆がレンの何気ない一言について真剣に議論しているところを見て、ありがたいと思う反面、申し訳ないけれど少しだけ微笑《ほほえ》ましいとも思ってしまった。

「そんなに真剣に考えなくても、きっと深い意味なんてないよ、大方この遊びにも飽きただけなんだろう。レンは昔から思わせぶりだからさ、アタシが桜庭《さくらば》にいた頃からずっとそうなんだ」

　あの時も、あの時も……

　……ああ、あの時も、そうだった。

　考えれば考えるほど憎たらしい。

　なにが一番憎たらしいって、こんなどうでもいい思い出の一つ一つを心の支えにしていた、アタシ自身だ。

「……そうだ円花ちゃん、よかったら昔の蓮君の話も聞かせてくれないかな？」

　思い立ったようにコハルが言った。

「ええ？　小学校の頃の話だぞ？　恥ずかしいんだけど……」

「聞いてみたい！　皆もいいよね!?」

　カツラコも含めた全員が、こくりと頷《うなず》いた。

　ううん、まあ……いいか。

　どうせ後生大事に取っておく必要もない、単なる過去の記録だ。

　それなら、少しでも話の「あて」にする方がいい。

「……レンとは家が近かったんだよ」

そうしてアタシは、心の奥にしまった古い記憶を、ゆっくりと掘り起こし始めた。

——レンの家は、アタシの家の裏手にある「MOON」という名前の小さな古着屋だった。年季の入った、地味な色合いの家屋が立ち並ぶ通りにあって、ひときわ目立つ赤塗りの建物は、しかしアタシの日常だった。

結論から言うけど、レンとアタシが仲良くなった理由なんて一つしかない。

ただ単に家が近かった、それだけ。

家が近いというだけで、幼稚園から小学校となんとなくつるみ続けた。

趣味も性格もまるで似ていないのに、あれだけ長い付き合いになったのは、きっと幼さゆえの柔軟さがなせるものだろう。

とにかくアタシたちは何をするにも一緒だった。

少し出かけるにも、宿題をするにも、マンガを読むのですら、わけもなく集まったりした。

何をするにも、何がなくとも、お互いの家を行ったり来たりした。

でも、そんな風に四六時中べったりくっついていたら、小学校の高学年になったぐらいからクラスでそれをからかうヤツらが現れ始めた。まあよくある話だよね。

ただそういう風に言われると……ほら、こっちも年頃なわけで、意識しはじめちゃってさ。

レンは特に気にしてない風だったのも余計に恥ずかしくて、次第にアタシの方から距離をとり始めたんだ。

……そんな中、六年生になって親父《おやじ》の転勤の話が持ち上がった。

アタシは中学からなんの縁もゆかりもない緑川《みどりかわ》へ引っ越すことになった。

住む場所が変わるのはいい。

交友関係をリセットされるのも、まあ中学からならそういうこともあるだろうと思えた。

でも、レンと同じ中学に通えない……それどころかもう会えなくなるかもしれないと分かって、アタシは動揺した。

普通の友達と離れるのとは明らかに違う感覚でさ。こういうの『身を引き裂かれる思い』ってーの？　兄弟とか姉妹がある日突然消えるみたいな……いいたとえが思いつかないけどそんな感じ。

今思えば、変な気恥ずかしさから距離をとってたのも、心のどこかに「なんだかんだアタシとレンはこれからもずっと一緒にいるのだろう」って甘えがあったからなんだろうな。

……まあ、後悔先に立たず。

アタシは以前みたいにレンとマトモに会話もできなくなってることに気付いた。

自分がどういうテンションでレンと接してたか、思い出せなかった。

焦ったよ。どうあってもレンと離れ離れになるのは避けられない、だったらせめて残されたわずかな時間でレンの記憶に残りたい。いつからかそういう風に考えるようになった。

そして……小学六年生の夏休み、アタシはレンをデートに誘うことにした。誰かとデートなんて生まれて初めてのことだった。

それまで本当に服装というものに無頓着《むとんちゃく》だったアタシだけど、その時に限ってはほとんど一日中、鏡の前で一人ファッションショーだ。

レンが古着屋の息子で、オシャレが好きなことを知っていたから。

ほんの少しでも背伸びをして、レンの記憶に残りたかったから。

これが思いのほか……楽しかった。

アタシは今まで「服なんて着れればいい」ぐらいにしか考えてなくって、ただの布に金をかける連中の気が知れなかったけど、その時やっと分かった。

何かのために、誰かのために服を選ぶのは楽しいんだ。

それで一応は納得できる服を選び終えて、ようやくレンをデートに誘おうと外に出た時……、アタシは運悪く、クラスの男子たちと出くわした。

——うわ、なんだありゃ。

——似合わねー、きもちわる。

——おとこがおんなの格好してるよ。

まさしく、頭から冷や水を浴びせかけられた気分だった。

……まあ、考えてみれば当然だよな。

アタシはただでさえ地黒なくせに、日焼けだって気にしてなかったからいつも肌は真っ黒だったし、身長もそこらの男子より高くて、可愛《かわい》らしい、いわゆる女の子的なふるまいを今までしてこなかった。

というより避けてきたんだ、恥ずかしくって。

なんのことはない、当然のツケを当然に支払わされただけ……

でも本当にショックだった。

あんまりにもショックで、その場にしゃがみこんでしまうぐらいショックだった。

そして、最悪は重なった。

「……円花《まどか》、こんな暑い中何やってんの」

間の悪いことにレンに見つかった。

「なんでもない」

もはやデートに誘うどころじゃない。

「あっちいってくれ」

どころか、アタシはレンを遠ざけるのに必死だった。

どうしても見られたくなかった。泣きそうな顔もそうだけど、今の自分の格好をレンに見られて、幻滅されるのが怖かった。

でもレンは……、

「よし、いくぞ」

そんなアタシの手を、強引に引っ張った。

「あっ、オイ!? ちょっと、離せよ！」

アタシはレンを強く拒絶した。本気の拒絶だ。

しかしそれでもレンは構わずアタシの手を引いて、炎天下を駆け抜けた。

駆けて、駆けて、

「おい、ホントに……はぁ、どこまでいくんだよ……？」

あまりの強引さに、もはやマトモに抵抗する気力もなくなった頃……ある場所に辿《たど》り着いた。

桜庭《さくらば》駅前にある、『まりーん』っていうこぢんまりした喫茶店だった。

そこはもう潰《つぶ》れちゃったらしいけど、まあそれも当然だろうなって納得するぐらい、ぼろっちくてタバコ臭い、時代遅れの喫茶店だった。

……改めて言うけど、アタシたちはこの時、小学六年生だ。

喫茶店なんて入ったこともない、ああいうのは大人の入るところだと思っていたから。

でも、レンは慣れた仕草でテーブルの一つを選んで座り、やけに目立つボーダーシャツを着た白髪の店主に、メロンソーダをふたつ注文していた。

アタシときたらもう、借りてきた猫みたく小さくなってたな。

店内に流れる、やたら大きなジャズの音にすらびくびくしていた。

「(レン、ここなんだよ……!?)」

「喫茶店」

「(見りゃわかるよ！　払えるのか!?)」

メロンソーダは一杯400円、二杯で800円だ。

自販機のジュースすら買うことを躊躇《ためら》うアタシたちにとって、すさまじい大金だ。

「(どーすんだよ！　アタシ財布持ってきてないぞ!?)」

「うーん」

レンはパンパンに膨らんだ財布の中身を、指でじゃらじゃらかきまぜて、

「……たぶん足りるから心配すんな」

「たぶんて……！」

「――はいお待たせしました」

そうこうやってるうちに、店主が飲み物を運んできた。

ついさっきまで慌てふためいていたアタシだったけど、これを見て――小学生だから許してほしい――はっと息を呑《の》んでしまう。

今思えばなんの変哲もないクリームソーダだ。

グラスに並々注がれた緑色のメロンソーダに、丸くくりぬいたバニラアイスを落として、そ

の上にちょんと真っ赤なチェリーがのったもの。

十人にクリームソーダの絵を描けと言えば、十人全員がこれと全く同じものを描くだろう、そういう模範的なクリームソーダ。

けれどこの時のアタシは「エメラルドの宝石をジュースにしたらこんな感じだろうな」なんていかにも少女じみたことを、本気で思っていた。

「アイスはオマケな、じゃあごゆっくり、しゅしゅしゅしゅ」

ボーダーシャツの店主は、やけに耳に残る笑い声をともなって店の奥へと消えてゆく。

なんだか薄暗い店の雰囲気も相まって、絵本に出てくる魔法使いか、もしくは妖怪《ようかい》のような人だった。

ともあれ、店内にはアタシとレンだけになった。

「……」

猛暑の中、わざわざ歩いて駅前まできたんだ。

汗もかいていたし、正直すぐにでも目の前のストローに吸い付きたい気分だったけど、それはできない。レンに理由を尋ねるまでは。

先に口を開いたのはレンの方だった。

「円花《まどか》、引っ越すんだってな」

「！」

まさか向こうから切り出されるとは思ってもみなかったので、アタシは固まってしまう。

「今朝姉ちゃんから聞いた」

「そ、そうだよ、中学からは緑川《みどりかわ》の学校だ」

「ふうん」

ふうん、て。

幼いながらも「寂しいとか、元気でなとか、なんか気の利いたことの一つも言えないのか!?」と内心噴きあがっていたのを覚えている。

しかも追い打ちをかけるように、レンは、

「――あとその服、全然似合ってないな」

「っ!!」

カッとなった。

あまりにデリカシーのない発言が悔しいやら恥ずかしいやらで、ここが喫茶店でなければ大暴れしていたに違いない。

アタシが一体どんな気持ちでこの服を……！

もういい、クリームソーダもいらない、お前とは絶交だ。

緑川に行ったらレンのことなんて速攻で忘れてやる――。

……そう、思ったのに。

「もっと似合う服がある」

「……え？」

「MOONには、円花《まどか》に似合う服が、もっとあるから」

その時、アタシはようやく気が付いた。

いつも怖いものなんてない、ってな風に振る舞うレンが、どことなく緊張していることに。

丁寧に、言葉を選んでいることに。

「俺、服好きだし、見繕っておくよ、夏服も、秋服も、冬服も、春服も、だから」

だから、

「今度は服、買いに来い」

ああ、その時アタシは、唐突に全部を理解してしまった。

思えば最初からヒントはあった。

こんな暑い中、蓮《れん》が家の外をうろついていたことも、この喫茶店に連れてきたことも、さっきの小学生にしてはじゃらじゃらと大金の入った財布も。

……そしてレンがいつもより背伸びしたオシャレをしていることも。

想像できる。レンは今朝、雫《しずく》さんからアタシが引っ越すことを聞いて、全て準備したのだ。

もはや笑ってしまう、幼馴染《おさななじみ》とはいえ考えることまで一緒だなんて──

「……デートだったんだな、これ」

「言ってなかったか？」

「言ってねえよ、バカ」

本当に蓮のヤツは強引で、言葉足らずだ。

服を買いに来い——だって？

自販機のジュースを買うのに躊躇《ためら》うような小学生が？　その雀《すずめ》の涙みたいなお小遣いで？

お前のところの輸入ものの古着を買う？

——そんなの、バイトできる年齢になってから出直すしかねえじゃん。

「お前、本当に勝手だよ……」

……あーあー、レンの前では泣くつもり、なかったのに。


「——いいばなしじゃやんっ!!」

「うわっ!?」

アタシが話し終えると、コハルとカツラコが同時にぼろぼろ泣きだした。

そ、そんなにか？

「どうしよう、すごく素敵な話だったよぉ……三園《みその》君、一瞬でも悪く思ってごめんねぇ……」

向こうに座る樋端《ひばた》は、静かにメソメソ泣き。

「……うーん、このエピソードを聞いて、なんでフラれたのか余計わかんなくなっちゃったんだけど、幼馴染《おさななじみ》とは問答無用で負け属性なのか……」

隣の丸山《まるやま》はムシャムシャ菓子を貪《むさぼ》りながら、なんだかわけの分からないことを言っている。

ただ、その一方で。

「……いや」

「……まさかねー」

姫茴《ひめうい》と五十嵐《いがらし》だけは、神妙な面持ちで目を見合わせていた。

「……ねー澪《みお》ー、もしかしてわたしと同じこと考えてるー？」

「……うん、もしかしたら意味、分かっちゃったかもしんない」

「意味？」

アタシが聞き返すと、二人はまるで苦虫でも嚙《か》みつぶしたような顔で、

「村崎《むらさき》さん、違ったら申し訳ないんだけど、一応聞くんだけど」

「——円花《まどか》さー、つい最近他の誰かに告られたりしなかったー？」

「えっ」

目を丸くする。

「ど、どうして二人がそれを？」

アタシが双須《そうず》から告られた話はカツラコとレンしか知らないはずなのに……。

そんなアタシの反応を見て二人は……何故《なぜ》だろう？　頭を抱えた。

「う、うわー……やっぱそういうことか……こんなん女子が気付くワケないじゃん……」

「……男子ってマジでバカだねー、わたし今確信したわー」

「な、なになになになにっ!?　なんで二人だけ分かっちゃった感じなのっ!?」

すかさずコハルが食いつく。

しかし二人は渋い顔を作るばかりで妙に歯切れが悪い。

「いやー、わたしたちの口から言うのは、ちょっとー……」

「うーん……まあ近いうちに分かるんじゃない？」

「なにそれ感じ悪い感じ悪い感じ悪いっ！」

「ぐえぇ」

五十嵐がコハルに胸倉を摑《つか》まれてがくがく揺さぶられている。

正直に言えばアタシも知りたかった。

どういう心境の変化で、レンはアタシとの偽装交際を解消するに至ったのか？

その理由を知ることができれば、アタシは……。

「……いや」

我ながらバカバカしいことを考えている。

知ったところでどうなる？

自分と離れる選択をした相手の考えを今さら知って、なんになる？

未練たらしい、その一言だ。

「コハル、いいよ、五十嵐《いがらし》の言う通りなら近いうちに分かることなんだろ?」

「え!? でも……」

「いーんだよ、どうせもう終わったことなんだから」

終わったこと。

いざ口に出してみると、今まで悩んでいたのが嘘《うそ》みたいに心が軽くなった。

そうだ、もう全部終わったんだ。

もしかするとアタシは、心の底ではずっとこの機会を望んでいたのかもしれない。

こんな風に、アイツへの未練を断ち切る機会を。

「あー、確かに人に吐き出したらスッキリしたわ! 皆ごめんな? 初対面なのに色々と相談に乗ってもらっちゃってさ」

「いや、それは」

「別にいいん、だけ、ど……」

「でも、円花《まどか》ちゃんは蓮《れん》君のこと——!」

「——いや、アタシよくよく考えたらレンのことどうとも思ってなかったわ!」

……うん。

「そりゃ確かにアイツとは楽しい思い出もあるけど、それって恋愛感情とかとはまた別の話じやん？」

うん、そうだ。

「レンは単なる幼馴染《おさななじみ》だよ、それ以上でもそれ以下でもない」

そうそう、レンは単なる幼馴染で。

「趣味も性格も合わねーし、そもそもあんなチャラいのアタシのタイプじゃねーしな！　てかアイツ、平気で浮気とかしそうじゃん？　アタシにもしカレシができたとして、そんなことされようもんなら半殺しにしちゃうだろうな、あはは」

だから、

「――ありえないって、アタシとレンがどうこうなるなんて」

まったくもって、その通りじゃないか。

ああ、どうして今までこんな簡単なことに気付かなかったんだろう。

晴れ晴れとした気分だ。

「おかげで気持ちに整理がついたよ、ありがとな」

「……円花ちゃんが、それでいいなら」

「つーか暗いって！　これ女子会なんだろ？　せっかく集まったんだし、もっと楽しい話しよーぜ！　な？」

「う……うん！　そうだね！　円花ちゃんがそう言うなら！」

「カツラコもほら！　サクコーに女友達作るの夢だって言ってたじゃん！　今だったらコイバナし放題だぞ！」

「わ、わあいっ！　コイバナのサブスクだ！　サクコーの人たちは進んでるだろうし聞かなきゃ損だねっ！」

そうそう、これでいい。

あんなヤツのために、いつまでも頭を悩ませるのはごめんだ。

アタシはまず、この状況を楽しむべきで……

楽しむ……

…………………？

鼻をすんすん鳴らす。

「……なんか焦げ臭くないか？」

「え？」

姫茴《ひめうい》もすんすんと鼻を鳴らし始める。

他の皆もそれに続いて――やはり食に貪欲《どんよく》だと嗅覚《きゅうかく》も鋭いのだろうか――丸山《まるやま》が一番に鼻をひくつかせた。

「む、砂糖と小麦の焦げた臭《にお》い……生地？　誰かお菓子作りにでも失敗したのかな？」

「臭いだけでなんで分かるのぉ……？」

「わさび、食べ物に関しては警察犬並みだからね」

「……ちょっと待ってお菓子？　まさかー……」

姫茴に何か心当たりがあるらしい、彼女が顔をしかめたのとほぼ同時。

きぃぃ……と、随分控えめに部屋のドアが開いて、

「えーと、お邪魔しますー……」

ひどく小柄な女性がおずおずと顔を覗《のぞ》かせてきた。

だ……誰？

どことなく姫茴に似た雰囲気があるし、妹だろうか？　まさか姉？　したたかな姫茴とは違い、だいぶ箱入り娘っぽい印象を受けるけど……。

と、思ったら姫茴はぎょっと目を剝《む》いて、

「ちょ、ちょっとママ!?　なんで入ってくるのよー!?」

「マっ――」

ママ!?

かろうじて口に出すことこそしなかったものの、おそらくその場の全員が、全く同じことを心の中で叫んでいたことだろう。

あれママ!?

嘘《うそ》だろ!?　童顔とかそういう次元じゃない！　どんなに高く見積もっても20代前半にしか見

えないぞ⁉

これが高校生の、ママ⁉

「はじめましてー……姫茴実《ひめういみのり》ですー……」

アタシたちの驚愕《きょうがく》の視線をその小さな身体《からだ》に集めながら、姫茴母は申し訳なさそうに言う。

「ご、ごめんなさいねー、カオちゃんが家に友達連れてくるなんて初めてのことだったから、ついー……」

「ちょっ⁉ そういうの言わないでよー⁉」

「ほんと、ママ舞い上がっちゃってー……カオちゃんのお友達のためにもパウンドケーキ……焼いてみたんだけど……そのー……」

そう言って姫茴母はまたおっかなびっくり、ドアの隙間《すきま》から皿にのったそれを覗《のぞ》かせる。

……なるほど、臭《にお》いの発生源はこれか。

「ちょっとだけ失敗しちゃってー……」

「ちょっと⁉ どう見ても大失敗してるじゃん⁉ てかなんでわざわざ失敗作持ってくるのー‼ メチャクチャ恥ずかしいんだけどー⁉」

「捨てる前に頑張りだけは褒《ほ》めてもらいたくてー……」

娘に怒鳴られ、たちまちしゅんとしてしまう姫茴母。

……事情は分かった。

アタシはおもむろに立ち上がって、姫茴母に歩み寄ると、

「ちょっと見てもいいすか？」

「え？　ああ、どうぞー……？」

「……これ、焦げてるの表面だけすね、捨てるの勿体《もったい》ないっす。表面削って一口大にカットして……仕上げに粉砂糖でも振れば、結構見栄えもよくなりますよ」

「ほんとー!?」

「キッチン貸してくれれば、ちゃちゃっとやっちゃいますけど」

「それはもう、どうぞどうぞー！」

姫茴母の了承も得られたところで、キッチンへ向かおうとしたら……部屋の中から向けられる女子たちの視線に気付いた。

「……なに？」

「ま、円花《まどか》ちゃんもしかして料理できるの？」

「料理できるのかって……コハルは知ってるだろ？　アタシ一応飲食店勤務だし、てかそうじゃなくても料理ぐらいできて当たり前だろ」

「……」「……」「……」

「……」「……」

樋端《ひばた》を除く若干五名が無言で俯《うつむ》いた。

「いや、ホントに頼もしー！　カオちゃんいい友達いるのねー！」

「そっ、そのカオちゃんっていうのやめろしっ!?」

「カオちゃんおうちではママ呼びなんでちゅね～笑」

「──五十嵐澪《いがらしみお》ッ!!　今日こそボコる!!」

「二人とも喧嘩《けんか》しないでよぉ」

ああ、ようやく賑《にぎ》やかになってきたじゃないか。

アタシは湿っぽいのよりよっぽどこっちのが性に合っている。

「──じゃあ皆、少し待っててくれよ」


それからアタシたちは、時間も忘れて遊び呆《ほう》けた。


「うわあなにこれ美味《おい》しい!?　しかも映える！　円花《まどか》ちゃんお菓子作りの才能あるよ！」

「作ったのはほとんど実《みのり》さんだよ、アタシはちょっとアレンジしただけ」

「そんなそんなあたしなんてー！　円花ちゃんすごいのよー！　すっごく手際よくって、まるでパティシエさんみたいだったのー！　今度からあたし円花ちゃんに料理教わろうかしら？」

「ま、ママ……しれっと交ざらないでー……！」

「いやホント村崎《むらさき》さん主婦力高すぎだようっ！　30過ぎてどっちも余ってたら絶対結婚しよう

ねっ⁉　ねっ⁉」

「まあどっかの知らんヤツより、カツラコと結婚する方がよっぽどいいかもなあ」

「っしゃあっ！　将来安泰大確定っ！」

「ええ――⁉　カツラコちゃんずるい⁉　私も円花ちゃんと結婚したいのに⁉」

「お前にはソータがいるだろ……ああそうだ五十嵐、そっちの方はケーキ足りて」

「んんぎぎぎぎぎっ！　わさび！　いい加減食べるのやめなさいよ！　私たちの分までなくなっちゃうでしょうがああっ……！」

「んめ、んめ」

「あああ、もうおしまいだよぉ……わさびが暴食状態になっちゃったぁ……」

「……キッチンにまだ残りあるから取ってくるわ」


「ほら見てー、これが小学校の時のカオちゃん、かわいいでしょー」

「かわいい～‼　姫茴《ひめうい》さん髪結んでるっ！」

「ママッ⁉　勝手にアルバム見せないでッッ‼」

「カオちゃんは小さい頃から可愛《かわい》いでちゅね～笑」

「……澪、なんでアンタわたしのアルバム写真に撮ってるの」

「別に大したことじゃないわ、いざとなったら流出させようかなって思ってるだけ」

「消せ――ッツ!!」

「二人とも喧嘩《けんか》しないでよぉ」


「やっぱり女子が集まったらこの質問一択っ！　ずばり皆さんのタイプはなにっ!?」

「はいっ!!　私は颯太《そうた》く……もごっ!?」

「あー、コハルのことはアタシが押さえておくから次に回してくれ」

「村崎《むらさき》さん感謝っ！　じゃあはい！　樋端《ひばた》さんっ！」

「え、ええ、私ぃ？　ううーん、そうだなぁ……優しい人がいいなぁ、あ、贅沢《ぜいたく》を言うなら毎日可愛《かわい》いって言ってくれる人がいいなぁ、えへへ」

「なんだこの可愛すぎ生命体……人類を滅ぼしにきたのか？　次、五十嵐《いがらし》さんっ！」

「顔がよくて身長が一七五以上あってバカじゃないヤツ」

「……モテなささそっ」

「あぁ!?」

「次は丸山《まるやま》さんっ！」

「うーん、私あんまりそういう願望ないんだけど……しいて言うならオタクじゃない人」

「えっ？　丸山さん自身がオタクなのに？　趣味は合う人がよかったりするんじゃないの？」

「何言ってんのオタク同士で趣味合うわけないじゃん！　あはは」

「…………？？？？？？？？？　ま、まあいいやっ！　姫茴《ひめうい》さんはっ？」

「えーと、あたしはー……そうねー、疲れてる時、何も言わずにこう、後ろからぎゅっと抱き締めてくれる、たとえばパパみたいなー……きゃ」

「ちょっ!?　なんでママが答えてるのやめてやめてやめて聞きたくないーーっ!?」


「……ねえ、みおみお、すごいの見つけちゃった」

「なによわさび？」

「ヒメのミンスタ研究ノート、見て、投稿ごとのインプレッションとかフォロワーの増加率がびっしりまとめてあんの、これこのまま出版できるんじゃない？」

「あいつ、あの見た目の割りにホント真面目よねー……」

「もうあんたらいい加減にしろーーーっっ!!」


若干……というか、かなり。

負担が姫茴に偏っている気がしたけど、それでも楽しい時間だった。

そして楽しい時間はあっという間に過ぎ、日も暮れた頃になって……。


「あっ、ヤバっ!?」

カツラコがおもむろに青ざめて、立ち上がる。

「ど、どうした？」

「ごめん皆……完っ全に忘れてたっ!!　私これからバイトの面接っ！」

「バイト？」

「そう！　フタバのアルバイトに応募したの！　目指せ憧《あこが》れのカフェ店員っ！」

「い、いつの間に……」

桜庭《さくらば》にきてまだそれほど日が経《た》っていないのに、フットワークが軽すぎる……。

「もっと皆とコイバナしたかったのに……っ！　ごめん！　また今度ねっ！」

「じゃあアタシもそろそろ行くよ、お邪魔しました」

「ええ——っ!?　円花《まどか》ちゃんも行っちゃうの!?」

「そんな顔すんなよコハル、またすぐに会えるだろ」

全く名残惜しくないといえばウソになるけれど、でも、もう十分だ。

だって今日一日でこんなに楽しげな友人が、一気に五人も増えてしまったのだから。

「——今日はありがとうな皆、アタシの話を聞いてくれて、またいい相手ができたらコイバナ乗ってくれ」

姫茴《ひめうい》の家を出たのち、アタシはカツラコと一緒にバスに乗り、他愛《たわい》もない話をしながら駅前で降りた。

どうやらカツラコのバイト先はこのすぐ近くらしい。

つまりアタシとカツラコはここで別れることになるわけだが……

「あ、そうだ村崎《むらさき》さんっ！　一個忘れてたっ」

「うん？」

「恋愛大明神ことわたくし垂水《たるみ》桂子《かつらこ》が、村崎円花のこれからの恋愛運を占ってしんぜましょうぞっ！」

「はっ？」

いきなりなんだと聞き返す間もなく、カツラコは両手を合わせて「にゃむにゃむ」言い出す。丸っこい体型も相まって、なんだか招き猫のような愛嬌《あいきょう》があった。

「む、む、む……!?　はいっ！　出ましたっ！　村崎円花の恋愛運は最高！　マックス振り切れ注意報発令中！　待ち人即来ますっ！　恋愛も大成就確定っ！　今年はハッピー桃色恋の年になることでしょう!!」

「なんだそりゃ」

あまりにバカバカしくてつい笑ってしまった。

「恋の年になるって、相手もいねえのに」

「いいえっ、すぐに現れるのですっ！　だって村崎さんは誰よりも優しい人だからっ！」

カツラコはアタシの顔を見上げて、にこりと微笑《ほほえ》む。

なるほど恋愛大明神の名に恥じない、柔らかな笑顔だった。

「優しいって……バカだな、アタシより優しいヤツなんていくらでもいるよ」

「いーやっ、私の知る限りでは村崎《むらさき》さんがダントツだねっ、だって村崎さん——私のことを『タルちゃん』って呼ばないでしょ！」

「……それは」

「カワコーの人たちは皆、私のことタルちゃんって呼ぶのにね、どうして村崎さんは頑《かたく》なに『カツラコ』って、呼びにくい方の名前で呼ぶの？」

「……」

顔が熱くなる。

アタシの浅い考えなんて、恋愛大明神にはすっかりお見通しらしい。

「私ね、村崎さんが緑川《みどりかわ》にくるよりもずーっと昔から、皆に『タルちゃん』って呼ばれてた。名字の垂水《たるみ》と……樽みたいに太ってるのをかけて、タルちゃん。とにかく呼びやすかったんだろうね、皆が皆、私のことをタルちゃんって呼んだ。あだ名の由来を知らない人も……ぶっちゃけ、その名前でいじられすぎて私自身慣れちゃってたんだ、ほんのり嫌だな〜って感じるぐらい、無理して止めるほどじゃないかなーって、でも——村崎さんはさ、村崎さんだけは、全部知ったうえで、絶対に『カツラコ』って呼んでくれた。だから私はこの子と友達にな

ろーって決めたんだよ」

「カツラコ……」

「つまり！　そんな村崎《むらさき》さんにイイ人が現れないはずがないっ！　現れないとしたらその時は皆の見る目がなさすぎってこと！　本格的に私と結婚するしかないねっ」

「……ああ、そうだな、その時はよろしく頼むよ」

「おっけーい！　毎日美味《おい》しい味噌汁《みそしる》作ってもらうねっ！　んじゃばーいっ！」

言うだけ言うと、カツラコはてとてとと走り去っていった。

本当に太陽みたいな女子だな、と思う。

「……カツラコ、なんで今まで恋人ができたことないんだろ」

あんな優良物件、他にいないのに。ホント世間の奴《やつ》らは見る目ないなぁ。

白い息とともに独《ひと》り言《ご》ちながら、カツラコの後ろ姿を見送ると、アタシは駅へ向かって歩き出して……。

ぴた、と足を止めた。

「……」

……現在、時刻は夜の七時を回った。

桜庭《さくらば》の気温は氷点下に差しかかろうというところ。

例えばこんな夜に、外で何時間も誰かを待つヤツがいるとすれば、それは本物のバカだ。

そして本物のバカが今、アタシの目の前にいる。

「……何やってんだよ双須《そうず》」

双須勝隆《かつたか》が、駅前広場の隅っこでうずくまっていた。

頭や肩には薄く雪が積もっており、そしてぴくりとも動かない。

死んでるのか？

「……おい、双須、起きろ」

アタシは双須の肩を軽く揺さぶる。

何度か揺さぶると、双須は冬眠から目覚めたクマみたく、のっそりと顔をあげて、

「……ん？　おお……？　……寝てた？」

「凍死するぞ、マジで」

「……あれっ!?　円花《まどか》!?」

寝起きでも騒がしいやつだ。

双須はすかさず跳ね起きて、頭や肩に雪をのせたまま、慌てて言葉を紡いだ。

「オレっ！　円花のこと待ってたんだ！　どうしても伝えたいことがあって！」

「なんとなくそんな気がしてたけど、どうしてこんなとこで待ってるんだよ」

「オレ円花の連絡先知らないしっ！」

ああ、そうだっけ？

……いや、にしても。

「それなら日を改めればいいだろ、明日になったら学校で会えるのに、なんでこんな屋根もないところで――」

「だって、今すぐ伝えたかったんだ！」

「……っ」

まっすぐな言葉だった。思わず気圧《けお》されてしまうほどに。

……いくらアタシだって、そこまで鈍感じゃない。

レンとの偽装交際の終わったこのタイミングで双須《そうず》が現れることの意味ぐらい、もちろん理解している。

「――村崎円花《むらさきまどか》！　改めてオレはお前が好きだ！　付き合ってくれ！」

本当に、めげないヤツだ。

「……アタシとレンが別れたの、どっかで聞いたか」

「聞いた！　だから来た！　チャンスだと思って！」

「素直だな、……だけど悪い、何回来たってアタシの気持ちは変わらないよ」

「だったら気持ちが変わるまで何回でも告る!!」

「どっ、どうしてそこまでするんだよ!?」

「――本気で好きならそれぐらいするだろっ!!」

「……！」

去年のクリスマスイブとは明らかに様子が違っていた。

双須の言葉には、以前にもまして熱がある。

この寒空の下で何時間も待ちぼうけを食らっていた人間のものとは思えないほどの、熱。

アタシと双須の、決定的な違い。

「で……でも、アタシはレンとまだ別れたばっかりで」

「だったら何週間でも何か月でも、円花の気持ちの整理がつくまで待つ！」

「あ、アタシ付き合うなんて、そもそもどうしたらいいか分からないし……」

「そんなんオレだって分からんしっ!!　でもそういうのをお互い探ってくのも付き合うってことだろ!?」

「でも――」

と、ここまで言いかけて、アタシは双須の視線に気が付いて、口を噤《つぐ》む。

強い意志を感じさせる、まっすぐな瞳《ひとみ》だった。

きっとアタシがどれだけ「付き合わない理由」を並べようとも、双須は何度だって言い負かしてくるだろう。

いいや、そもそも勝負にすらなっていなかった。

自分の気持ちを、一〇〇%乗せて激しく打ち込んでくる双須と、未《いま》だリングに上がることすら躊躇《ためら》っているアタシでは。

覚悟が違う、真剣さが違う。

そして……

「――もう一度言うぞ円花《まどか》！　オレ本当に円花のことが好きだ！　顔も性格も！　今でも好きだ！　絶対に幸せにするから付き合ってくれ！」

ありふれた台詞《せりふ》でも、言葉の重みがまるで違う。

「双須《そうず》……」

……正直に言う。

アタシはここに至って、双須勝隆《かつたか》という男に好感を抱き始めていた。

一度目の告白の際、我ながらあんなにもひどいフリ方をしたというのに、双須は自分が傷つくことも恐れず、ただまっすぐにぶつかってくる。

そしてそんな風に気持ちをぶつけられて何も思わない人間なんて、きっといない。

「……」

……付き合ってもいいんじゃないか？

そんな声が、自分の中から聞こえてきた。

付き合っても、いいんじゃないか？　逆にアタシは何をそんなに意固地になっている？

そんなにも強く双須の告白を断るような理由も、アイツの気持ちを無下にする覚悟も、今のアタシにはない。

そりゃあ、現時点で双須に対する好感はあっても、異性としての好意はないさ。

そんな状態で告白を受けるのが不誠実だと思う一方、双須の言う通り案外付き合うっていうのはそういうことなんじゃないかと思う自分もいる。

そして案外それが一番、健全なかたちなんじゃないか？

いつまでも昔の思い出に囚《とら》われるより、そっちの方がよっぽど正しいし、楽になれるんじゃないか？

「……そうだな」

レンとの思い出が、まるで走馬灯のように流れていく。


去年の夏、緑川《みどりかわ》で小学生ぶりにレンと再会した。

成長したレンに気圧《けお》されて初めはマトモに口も利けなかった。

でも、レンがアタシのことを、南京錠《なんきんじょう》のことを覚えていてくれたのは本当に嬉《うれ》しかった。


小学生ぶりに訪れたMOONで、レンがアタシの服を選んでくれた。

レンがあの時の約束を覚えてくれていたのかは分からないけれど、それでも嬉しかった。

可愛《かわい》いじゃなくて「カッコいい」と言われたのだけ、ちょっともやっとしたけれど。

浴衣を着て、レンと夏祭りにいった。

正直、緊張しすぎて何も覚えてないけれど。

秋になり、レンと動物園へいった。

奢《おご》ってもらって初めて食べたチュロスの味を、未《いま》だに覚えている。


……そしてレンと、恋人のフリをした。


「……ありがとう双須《そうず》」

双須はいいヤツだ。

アホだけど、何事に対しても真剣に取り組むし、友達も多くて、意外にも女子への気配りもできる。きっと恋人は大事にするだろうな。

誠実で、噓《うそ》も吐《つ》かない、浮気なんて天地がひっくり返ったってしないはずだ。

スポーツをやっているから体格はがっしりしているし、顔だってまあ、若干幼いが悪くはない。

そしてなにより……

……なにより双須は、正々堂々戦っている。

恋愛と、他人と、自分自身と。

今までのアタシには決定的に欠けていたものを、彼は持っている。

アタシにはもったいないぐらいの男だ。

「本当にありがとうな、双須」

どれだけ感謝の言葉を並べても足りなかった。

……ありがとう、ありがとう双須。

お前に出会わなかったら、お前が告白してくれなかったら、お前がアタシを好きになってくれなかったら。

アタシはきっと、アタシを好きになれなかった。

一生全てのことから逃げ続けていた。

――そして最後まで、自分の本当の気持ちには気付けなかっただろう。

「アタシは、双須とは付き合えない」

口に出した瞬間、ボロボロと涙がこぼれ落ちた。

真正面から心と向き合うのは、こんなにも辛《つら》いことなのかと驚いた。

そして双須がずっとこの場所で戦っていたことに気付いて、更に胸が苦しくなる。

双須、今まで無駄に待たせちゃってごめんな。

遅くなったけど、やっと、返事をするよ――。

「――アタシ、やっぱりレンのことが好きなんだ、誰のことよりも、好きなんだ。だから双須《そうず》とは付き合えない」

あんなにも振り回されたけど。

恋愛感情と思い出をごっちゃにしているのも分かっているけれど。

趣味も性格も合わないし、平気で浮気もしそうなヤツだけど――

――それでもアタシはそういう理屈を超えて、レンのことが好きなんだ。

「……そっ、か」

双須は今まさにフラれたばかりだというのに、にっかりと犬歯を剝《む》き出《だ》しにして笑っていた。

まるで夏空のように、晴れやかな笑顔で。

「……うし！　完全燃焼！　ありがとうな円花《まどか》！　ちゃんとフッてくれて！　これでオレもやっと諦《あきら》めがついた！」

「ごめんアタシ、今まで双須にひどいことを……」

「なんだよ湿っぽい！　これからは友達としてよろし……ヴぇくしっ！」

「うわっ!?」

双須が空気を読まずに盛大なくしゃみをしたものだから、思わず飛びのいてしまった。

「ずずっ……あー？　ずっと外いたから鼻の調子が……明日の練習に響くから帰って寝る

わ！　んじゃーね！　円花！」

「お、おう、じゃあ……」

鼻をすすりながら、双須は駅の方へ走り去った。

下手な誤魔化《ごまか》し方だけど、でもアイツは結局アタシに一滴の涙も見せなかった。

それはなによりもアイツの優しさだと思う。

……アタシも、感心している場合じゃない。

「……よし」

アタシは気合を入れるため、自らの目からこぼれでたソレを、わざと強めに拭《ぬぐ》った。

──終電にはまだ時間がある。

アタシには一刻も早くやるべきことがあった。

「よし！」

この寒空の下にあって全身が熱を帯びている。疲れなんてどこかへ吹っ飛んでいた。

今までに感じたことのないエネルギーが、全身から湧《わ》き出てくるのを感じる。

アタシは気つけに頰《ほお》をパンと張り、翻って駅に背を向け、

「……あ」

「あっ」

目が合った。

ここから少し離れた位置で、なんだか気まずそうに背中を丸め、そろりそろりとその場から立ち去ろうとするレンと。

「――」

どうしてそこにいるんだ、とか、まさか盗み聞きしていたのか、とか。

そういうことは一切尋ねない。むしろ話が早くて助かった。

ただ無言で、固い雪を蹴《け》り上げ、ずかずかとヤツとの距離を詰めていく。

自分の中に燃える真っ赤な炎だけが、アタシを動かしていた。

「ちっ……ちがうんだ円花《まどか》っ⁉　これはマジで偶然！　覗《のぞ》き見とかじゃなくてマジで偶然だからっ⁉　そこのラーメン食って帰ろうとしたら、たまたまっ――」

怯《おび》えるレンの言い訳にも聞く耳は持たない。

アタシには一刻も早くやるべきことがある。

「っ――！」

アタシは強く拳《こぶし》を握りしめて、

「――おらあっ‼」

「ぶっ⁉」

――レンの顔面を、渾身《こんしん》の力で殴りつけた。

最近で一番胸がすっとした。

レンは思いっきりよろめいて尻《しり》もちをつくが、もちろんそれぐらいで許しはしない。

すかさずレンの胸倉を摑《つか》んで、引き起こした。

「なにが……」

燃え上がるような怒りが、アタシを突き動かしていた。

「なにがフェアじゃないだよ！」

「……っ」

レンはばつが悪そうに目を逸《そ》らす。

だんまりを決め込んだって無駄だ、さっきの双須《そうず》とのやりとりでアタシは完全に理解したのだから。

そりゃあレンの意図に気付いた五十嵐《いがらし》と姫茴《ひめうい》が呆《あき》れ返るわけだ。

そりゃあ女子たちがあれだけ集まっても気付かないわけだ。

そんな馬鹿《ばか》なこと、女子だったら絶対にしない──

「──なんで双須のために手を引いたりしたんだよ！」

アタシは大きな勘違いをしていた。

フェアじゃないという言葉が指すのは、アタシとレンの関係性のことではない。

双須だ。

アタシと双須、もしくはレンと双須の関係を指して、言っていたのだ。

今のアタシとレンの状態は、アタシに思いを寄せる双須《そうず》に対して不公平だ。

返事を保留にしたまま待たせ続けるのはあまりに酷だ、と――。

一気に頭に血が上る。

「双須を可哀想《かわいそう》だと思ったのか!? 欲しけりゃ譲ってやるって!? イイ人ぶれて満足ってか!? ざけんな! アタシはトロフィーじゃない!」

「ちげえよ!」

初めてレンが言い返した。

「女の子はトロフィーじゃねえし! 譲ったつもりもない! 俺なりにケジメをつけようと思っただけだ!」

「ケジメ!? ケジメだ!? かっこつけてんじゃ――」

「――本気で好きになっちまったんだから仕方ないだろ!」


「っ――」


もう一発顔面にくれてやるつもりで拳《こぶし》を振りかぶったのに、その瞬間に時間が止まった。

さっきまであれだけ怒っていたのに、息をすることすら忘れてしまった。

レンのまっすぐな眼差《まなざ》しにぶつかる。

「……本気になったら、もうダメだろ、偽装交際なんて続けられるわけないだろ、一回全部終わらせるしか、なくなっちまうだろ」

「なんだよ、それ……っ」

「本当に好きなんだったら、ズルなんかしたくなかった、なあなあのまま関係続けるのが一番嫌だったんだよ！」

……こいつは、
レン、こいつ……、
ここにきて、そんなこと言いやがって……！

アタシは震える握り拳《こぶし》を、ゆっくりと、下ろしていって……

「……っ」

「ふんっ！」

「ぶっ」

しかし直前で力を込め直して、もう一度顔面を殴りつけた。

「お、おまっ、何回殴るつもり……!?」

「――それでもっ!!」

アタシはレンの言葉を遮って、吼《ほ》える。

「傷心したアタシが双須《そうず》になびくとは思わなかったか!?　お前のことなんかすっかり忘れて、誰か別の男のところに行くとは考えなかったか!?」

「それはっ……！　……正直ちょっとだけ心配したけど……」

「だったら！　だったらズルでもなんでも離すなよ！　本気で好きなんだったら、好きな女のこと――」

う、と嗚咽《おえつ》が漏れた。

もう、とっくに限界だった。

わけのわからなくなるぐらい色とりどりの感情が自分の中で渦巻き、めちゃくちゃに暴れまくっている。

熱い、苦しい、痛い、切ない、白い、何も、かも――

ぼろぼろぼろぼろと、あふれ出た感情の欠片《かけら》が、両の目からとめどなくこぼれ落ちて、レンのコートを濡《ぬ》らす。

悔しい、そう、アタシは悔しいのだ。

何が悔しいって――この期に及んで嬉《うれ》しいと思っている自分が、悔しいのだ。

真っ先に「レンと両想いで嬉しい」なんて少女じみたことを考えてしまう自分が、悔しくてたまらずに――泣くんだ。

「好きな女のこと、泣かすなよ……っ」

三度目の拳《こぶし》は振るわなかった。

その先はもう言葉にならず、アタシはレンの胸の中で子どもみたいに泣いた。

こんなに泣いたのは、きっと小学生ぶりだ。

「あああああああああっ……」

「……ごめんて」

レンが困ったように言って、頭を撫《な》でた。

それが嬉《うれ》しくて、アタシはいっそう激しく泣いたのだった。

エピローグ　勝負のゆくえ

翌日、俺が登校すると、周りの連中にどよめきが走った。

いつもヘラヘラしている佐野《さの》ですら、廊下ですれ違った際に俺の顔を見て表情をこわばらせた。

「れ、レンレン？　何その顔……？」

「転んだ」

「い、いや、どう見たって殴……」

「少し遅れた冬休みデビューだ」

鼻の絆創膏《ばんそうこう》を指先でぽりぽり掻《か》きながら言い張った。

そんな俺のさまを見て、隣の双須《そうず》がゲラゲラ笑っている。

「わはははーっ！　ざまーみろー！　変にカッコつけるからそーなるんだよ！」

「うるせーうるせー」

俺はアホ二人をさっさと振り切って、教室へ逃げ込む。

教室に入ると再びイヤな注目の的になったが、気にせずにどかっと席へ着いた。

ああ、久しく忘れていたけれど、周りの視線を気にしなくていいってのは楽だな。

しみじみ感じ入っていると、隣の席から颯太《そうた》が声をかけてきた。

「うまくいったみたいだな、蓮《れん》」

「そう見えるか？　この顔見て」

「見えるよ、もう二、三発は殴られると思ってたし」

「……そうかよ」

「ああ、そうだ蓮」

「なんだよ」

「そういえば今日の放課後、久々にラーメン食いにいきたいんだけど一緒にいかないか」

「……いや、今日はパス」

「珍しいな、なんか用事でもあるのか？」

……こいつ。

分かってて聞いているんだな？　じゃなきゃそんな悪ガキみたいな顔するはずもない。

「……カノジョとデートだよ」

「そっか、それなら仕方ないな」

そう言って、颯太はどこか満足げに笑った。

……こいつは本当にイヤミなヤツだ。

いつか絶対、負かしてやるからな。

◆

翌日、アタシが登校すると周りの連中にどよめきが走った。

マイペースを極めて、たいていのことでは動じないカツラコでさえ、こちらを見てぎょっと目を丸くしている。

「カツラコ、おはよう」

「お、おはよう……？」

アタシは席に着く。

こんなにも人の視線を感じたのは初めてだった。

教室中の視線が、アタシの頭に集まっていた。

「む、村崎《むらさき》さん？　その、どうしたの？　その頭……」

「染めた」

端的にそう言って、アタシは何年かぶりに真っ黒になった頭髪を、指先でいじった。

最初は違和感が半端なかったけど、頭髪というのは何かと目に入るものなので、意外とすぐ慣れる。

もっとも、皆はまだ全然、慣れてないみたいだったけど。

「よく見たらピアスも外してる……？　どうしてそんな、急に……？」

「少し遅れた冬休みデビューだよ、これから桜庭《さくらば》でバイトも探さないとだし、サクコーって結構校則厳しいからな、郷に入っては郷に従えってやつ？　それに……」

「それに？」

我慢しようと思ったのに、でも、どうしても、少しだけ口角が上がってしまう。

「——カレシがサクコー生だからさ」

「……」

はじめに、カツラコは凍り付いたようにぴたりと固まって、
時間をかけてアタシの言葉の意味を噛《か》み砕き、
それから氷が解けるみたく、徐々に表情がぱああと明るくなって……

「おめでとうっ!!　村崎《むらさき》さぁんっっ!!」

「うわっ！」

思いっきり抱き着かれた。

カツラコの身体《からだ》がふわふわで、すごく抱き心地が良かったのもあるけれど、それ以上に、いい気分だった。

「恋愛大明神のご利益！　あったみたいだね!!　にゃむにゃむ！」

「はいはい、にゃむにゃむ」

アタシは霊験あらたか、恋愛大明神様様に手を合わせた。

あとで、女子会の皆にも報告にいかないとな。

♧

放課後、俺は部活の自主練を終えると、教室で自習していた円花《まどか》と合流し、彼女を引き連れてある場所へと向かい始めた。

俺と円花が正式に付き合ってから、初めてのデートだった。

……ちなみに行き先はまだ伝えていない。

「な、なあレン？　これどこまで行くつもりだよ……」

「内緒だって言っただろ、いいとこだよいいとこ」

「もう駅が見えてきたぞ……？　まさかこのまま帰すつもりか!?　初めてのデートなのに!?」

「違う」

「じゃ、じゃあもしかして……アタシの家に!?　初めてのデートなのに!?」

「うおい！　俺のことなんだと思ってんだよ!?　ほら、もうついたぞ！」

今、立ち止まった俺たちの目の前には一軒の喫茶店があった。

ペンキも真新しく、いかにもつい最近建てられました、という感じの。

「喫茶店……？　いや、デートっぽいけど、なんでここを……」

「早く入れって」

「ああ？　分かった、分かったって、なんでそんなに急《せ》かすんだよ……」

そりゃあもちろん、屋号を確かめられたら困るからに決まっている。

俺は円花《まどか》を無理やり店の中へ押し込んで、俺もまた店内へ足を踏み入れた。

……なるほど、俺も初めて入ったけれど、当時の面影はほとんど残っていない。

タバコ臭くもない、ぼろっちくもない。

しいて当時との共通点を挙げるとするなら、店内に流れるやたら大きなジャズと、そして、

「いらっしゃい、好きなとこ座ってええよ、しゅしゅ」

やけに目立つボーダーシャツを着て、特徴的な笑い方をする白髪の店主ぐらいだ。

「……えっ？」

円花は、まるで狐《きつね》にでもつままれたような顔をしていた。

ああ、その顔が見たかったから今まで隠していたんだ。

「れ、レン？　なんで……」

円花ははっとなって、近くにあったテーブルに飛びつき、メニュー表を凝視する。

手作りのメニュー表、その表紙には「純喫茶marine」と書いてあった。

「これっ、もしかして……っ!?」

円花が、ばっとこちらを見上げて、

「レンお前っ!!　この喫茶店、なくなったって言ってたよな!?」

「改装して名前が変わったんだよ、言ってなかったか？」

「言ってない……！」

そうその通り、言ってないとも。

こっちは二発もぶん殴られたんだから、これぐらいの仕返し許されるだろう？

「ま、そんなわけで親父《おやじ》さん、クリームソーダ二つね」

「はいおまちを、しゅしゅしゅしゅ」

今度はメロンソーダではなく、正式にクリームソーダを頼んだ。

こんな真冬にクリームソーダ、季節外れだけど、なあに。

顔を真っ赤にしてぶるぶる震える円花を見ながら飲めば、なんだって美味《うま》かろう。

「……本当に付き合ったんだよな、アタシたち」

クリームソーダを半分ほど食べ進めたところで、突然円花が言った。

平日の夜ということもあり、店内には俺と円花しかおらず、店主も奥へ引っ込んでいる。

「なんかアタシ実感湧《わ》かないよ、もっと色々と劇的に変わると思ってた」

「……不満か？」

「いや、別にそういうわけじゃねーんだけどさ……」

円花《まどか》は、なんだか彼女らしくなくもにょもにょ言いながら、グラスの中身をかき混ぜている。

「どっちかっていうと、嬉《うれ》しいかもしんない……」

「嬉しい？」

「……うん、なんかアタシ、やっぱり怖かったんだ、レンと付き合って色々と変わったらどうしようかな……今までみたいに接することができなくなったらどうしようって……でも安心したよ！　レンとならこう、今まで通り一緒にいられそうだ！」

「ふうん？」

なるほどなるほど。

それはつまり――俺への挑戦か。

「……そういえば、例の勝負は引き分けだったもんな……」

「？　なんか言ったか？」

「いや、ほら、唇んとこにクリームついてるぞって」

「え、ウソ」

円花が自分の口元に気を取られた、その一瞬の隙《すき》を突いて。

俺はテーブルから身を乗り出して──

「あ──？」

──唇を、重ねた。

「……」

「……」

しばらくの間、流れるジャズの音だけが、店内に響き渡る。

……一秒。

……二秒。

…………………ん？　この曲結構いいな。

「わ、わ、わわわわああああっ！？！？」

ようやく正気に戻った円花が、俺のことを突き飛ばそうとしたが、時すでに遅し。

俺はそれをひらりと躱《かわ》して、何事もなかったかのように座り直した。

円花の顔が、茹《ゆ》であがった甲殻類もかくやというほど真っ赤に染まっている。

それがあまりに愉快なので、俺もまたニコニコしてしまった。

「なんだよ、そんなに慌てて、さっきのは恋人っぽいことしてほしいっていう前振りだろ？」

「なっ、なわっ、なん、なな……っ!?」

俺は吹きこぼれる寸前のヤカンみたいな円花を、けけけ、と笑ってやる。

これで二勝一敗、ようやく俺の勝ち越しだ。

だけどこれで満足する俺じゃない。やるなら徹底的に、それが三園蓮《みそのれん》だ。

「これでようやくウソじゃなくなったな」

「…………!?」

俺がわざと含みを持たせて言うと、今にも爆発しそうな円花《まどか》がぴたりと動きを止めた。

「れ、レン……?」

「なんだよ」

「まさか、まさかお前……！　あの電話のこと、分かって……!?」

俺はニヤリと口元を歪《ゆが》めて、答える。

「さすがにあんな流れみたいな告白にはＯＫ出さなかっただろうなぁ」

「レっ――」

はい、これで三連勝《ターキー》。

天地を揺るがすような円花の怒号が炸裂《さくれつ》したのは、それからすぐのことだった。

了

オフショット？ K.O.

……奇妙、としか言えない光景が広がっていた。

２のＡ教室は今、不気味な静けさに包まれている。

俺を含めた誰もが口を閉ざし、怪訝《けげん》に眉《まゆ》をひそめて、彼女たちを見ていた。

それぐらい、奇妙な光景だった。

だって……だって、向こうの席で……

「——みおみお様、なにとぞ、なにとぞわたくしめに、恋愛のなんたるかを教えてくれませんでしょうか……」

「どぉぉ～～～しょっかなあああぁ～～～～」

こはるさんが、五十嵐《いがらし》さんに……。

……恋愛の教えを乞《こ》うている。

「……なんだあれ」

と、隣の席の蓮《れん》が問う。俺は首を傾《かし》げるしかない。

恥ずかしいとかそういうのじゃない、本当に意味不明だった。

なにあれ……？　第二次冬休みデビュー……？

「――説明しよう」

「あ、丸山《まるやま》さん」

ぴょこりっと、タイミングを見計らったようにアホ毛の彼女が現れた。助かる。

「まあ、ざっくり言うと、この前の女子会で村崎《むらさき》さんと三園《みその》君の別れ話を聞いて、それに思いのほかくらっちゃったみたいだよん」

「きょ、共感力高くない……？」

我が恋人ながら。

「あとボウリング大会での押尾《おしお》君の活躍からの爆モテ」

「モテてないけど……」

「まあともかくあれを見て、今まで調子乗ってきた反動で急にネガっちゃって、今手当たり次第に女子たちから恋愛の教えを乞うてるところ、そしてアレは仕返しとばかりにこはるを弄《もてあそ》ぶ性悪魔女」

「恋愛って、ただ見つめ合うだけじゃなくて一緒に同じものを見てお互いに成長していくのが本質らしいわよ？　こはる先生」

う、うわうわうわうわ……五十嵐さんが過去イチ性格悪い顔してる……。

……えっ？　こっち見た。

「――そうだ押尾《おしお》君！　こっちに来なさいよ！」

「お、俺……？」

五十嵐《いがらし》さんが手招きをしている。

なんだか嫌な予感がしつつも、恋人のピンチを傍観するだけというのもどうかと思ったので、席を立って二人の下へと歩み寄った。

俺が近づくと、こはるさんは恥ずかしさからかたちまち両手で顔を覆ってしまう。

この前とはまるで立場が逆だった。

「ど、どうしたの？　五十嵐さん……」

「ほら、アンタの恋人が何か困ってるみたいなの、相談に乗ってあげて！」

「すみませんすみません、私みたいな恋愛ザコが調子に乗っちゃってすみません……」

う、うおお、見事にネガっとる……こんなこはるさん初めて見た……。

「円花ちゃんですら一度は別れちゃったのに、私なんかがあんなにモテる颯太《そうた》君とずっと付き合い続けられるなんて思いあがってすみませんでした……とても恥ずかしいです……より一層、女子力の向上努力研鑽《けんさん》を積ませていただく所存で……」

……変な言葉遣い。

でも、はあ、いくらネガってるとはいえ、そんな悲しいことだけは言わないでほしかったな。

「あのね、こはるさん」

俺はひと息ついて、言う。

「たとえこはるさんがどれだけ調子に乗ってたって、俺がどんだけモテたって、こはるさん以外を選ぶわけないじゃん。俺が世界で一番好きな人なんだから」

……俺としては、当たり前のことを当たり前に言っただけのつもりだった。

でも、

「え……？」

教室内の時間が一瞬ぴた……と止まるのが分かった。

デジャヴだ。

五十嵐さんが、丸山《まるやま》さんが、樋端《ひばた》さんが、蓮《れん》が。

男子が、女子が。

そして――こはるさんが。

全員揃《そろ》って俺を見ていた、どういうわけか全員、燃え上がるほど顔を真っ赤にして。

……え？　なにこれ。

「あ……」

さっきまで意地悪に笑っていた五十嵐澪《みお》が、わなわな震えて、叫ぶ。

「――あんたが一番恥ずかしいわ！！！」

あとがき

シリーズ史上、最も手こずりました。

というわけではじめましての方ははじめまして、猿渡《さわたり》かざみです。さるわたりではございません、さわたりです。間違えて覚えている方がいらっしゃったとしても、わたくし見ての通り疲れ果てておりますので、あえては訂正しません。

本当に、満身創痍《まんしんそうい》でございます。肉体的にというよりは精神的に。

いつもならば原稿を仕上げた達成感に満ち溢《あふ》れ、酒を片手にハイな状態のままあとがきを書きあげるわけですが、今はもうウイニング・ランの余裕もございません、かろうじてゴールラインの向こうへ倒れ込んだ、というかたち。

飲み物は常温の水で、白目を剝《む》きながらこのあとがきを書いております。

いえね、本当のところを言うと今回は余裕を持った進行にしたかったのです。

ここのところブザービート納品で編集様に多大な迷惑をかけていたため、たまにゃあ余裕をもった進行で孝行せにゃならんぞと。そう思って、あらかじめ早めに〆切を切ってもらったりしたのです。

しかし筆は遅々として進まず、だらりだらりと引き延ばして、結局はいつも通りのブザービート納品となってしまいました。

八という数字は末広がりで縁起がいい……などと言われますが、末が広がったのはスケジュールの方だったようで。あはは！

………はい、次はもっとタイトでスマートに提出いたします……。

まあ、どうしてぼくが八巻の執筆でこれだけ苦しんだのかといいますと、ひとえにあの二人のせいでございます。

三園蓮《みそのれん》と、村崎円花《むらさきまどか》。

最初期の頃から、佐藤《さとう》さんと押尾《おしお》君の陰に隠れてなにやらわちゃわちゃやっており、付き合ってるのかい付き合ってないのかいどっちなんだい！　という状態だった彼ら。

今巻ではそんな二人の恋模様にスポットライトを当ててみました。

お読みになった皆様は分かると思いますがこの二人、実は非常に面倒くさい！

ピュアピュアな佐藤さん&押尾君カップルに比べると、こじれていて、ひねくれていて、臆《おく》病《びょう》で……しかしそれゆえに等身大で、シリアスな恋の悩みを抱えています。

そんな彼らの恋愛に作者として寄り添うのは、それはもうものっそい体力を持っていかれるため、書きながら何度か「もう嫌だ～」と叫びました。編集から「オウこんな暗い話今までしおあまファンにお出しできるかい」と怒られ、泣きながら改稿しました。

加えてぼくは、書いているものに感情を持っていかれるタイプ。

楽しいものを書いている時はハッピーな気分になり、悲しいものを書いている時はバッドな気分になる。

そういう意味で、いつものお花畑なバカップルとは違う、等身大でシリアスな二人の恋愛物語はシリーズ最大の難敵でございました。

作中にもありますが、真正面から人の心と向き合うのは、それほどに辛いことなのです。

そしてその辛い部分から目を逸《そ》らそうとしてしまう自分を、蓮君《れん》や円花《まどか》ちゃんと重ね合わせてしまい、途中からはもう自分で自分に怒って自分で鬱になっている、いわゆる自家中毒状態になっておりました。地獄や。

しかし、なんとか書き上げました。

それもこれも、蓮君と円花ちゃんが頑張ってくれたおかげです。

自分たちの弱さ、トラウマと向き合い、四苦八苦しながらも乗り越えて、次のステージへと進みました。

そんな彼らを最も間近で見ていたぼくだからこそ、なんとかこの苦境を乗り越えることができました。

やったね。次巻からはまた引き続きあのバカップルを中心としたドタバタ両想いラブコメディをお送りします（多分）。

とまぁそんなわけで、いつものごとく謝辞を。

Aちき先生、シリーズ初のダブルヒロイン表紙をたいへん素晴らしいものに仕上げてくださってありがとうございました。ダブル感謝。

コミカライズ担当の鉄山《てつやま》かや先生、いつもいつもいつもいつも素晴らしいマンガをありがとうございます。

ただいまマンガワン様で連載しているコミカライズ版『塩対応の佐藤《さとう》さん』は、鉄山先生が原作5巻にあたる内容を再構成して作画しているわけですが、これが非常にマンガ向きでうまい!!

原作をすでに読んだことがある人も是非読んでみてください。おそらく地球上でもっとも原作を読んでいるはずのぼくですら新鮮に楽しめているので、全人類楽しめます。

そして担当の清瀬《きよせ》さんへ、またブザービートかましてすんません。

ごめんなさい、いつもギリギリでカッコよく納品決めてしまって……反省してます……もちろんです……。

そして最後に、出版に携わってくれた皆様、ならびに『しおあま』を応援してくださっている皆様へ、本当にいつもいつも応援ありがとうございます。

これからも末永くよろしくお願いいたします。また次巻でお会いいたしましょう!

ガガガ文庫10月刊

淫魔追放3 ～変態ギフトを授かったせいで王都を追われるも、女の子と"仲良く"するだけで超絶レベルアップ～

著／赤城大空《あかぎひろたか》

イラスト／kakao《カカオ》

アリシアや屈強な女傑たちと仲良し（隠語）しまくりながらレベルアップしていくエリオは、ダンジョン都市サンクリッドで獣人ソフィアと出会う。彼女の闇が街を呑み込むとき、エリオの淫魔力は更なる高まりを見せ……？

ISBN978-4-09-453150-3（ガあ11-31）　定価792円（税込）

公務員、中田忍の悪徳7

著／立川浦々《たちかわうらうら》

イラスト／楝蛙《おうちかえる》

『耳島』で起きた鮮烈な事件と隠された事実は、忍たちの関係に小さくない影響を及ぼしていた。蛮勇に走る環、絶望に沈む由奈、暗躍するアリエル、そして何も知らされない中田忍の間に、終演の舞台風が吹く。

ISBN978-4-09-453151-0（ガた9-7）　定価891円（税込）

塩対応の佐藤さんが俺にだけ甘い8

著／猿渡《さわたり》かざみ

イラスト／A《あ》ちき

冬休み明け。とある事情で円花は佐藤さんたちの学校に通うことに。波風立てたくない蓮だったが、佐藤さんの思い込みが炸裂し……「蓮君と円花ちゃん、付き合ってるんです」最悪の爆弾発言が幼馴染の関係を変える!?

ISBN978-4-09-453152-7（ガさ13-11）　定価858円（税込）

双神のエルヴィナ4

著／水沢《みずさわ》 夢《ゆめ》

イラスト／春日《かすが》 歩《あゆむ》

トゥアールによってこの世界の真実が明かされる。そして、照魔とエルヴィナは心を繋ぎ、創造神に最も近い女神・ディスティムとの究極の戦いに挑む!!　全てが結ばれ、全てが繋がる――新世代の女神バトル・第四弾!!

ISBN978-4-09-453153-4（ガみ7-30）　定価858円（税込）

帝国第11前線基地魔導図書館、ただいま開館中

著／佐伯庸介《さえきようすけ》

イラスト／きんし

人類と魔族が戦い続ける世界。勇者や魔導具に続き、ついに『魔導書』の兵器利用に手が伸びる……それに一人抗うのは、軍基地図書館を任された、筋金入りの司書だった！　女司書が抗う、戦場の魔導書ファンタジー。

ISBN978-4-09-453155-8（ガさ14-1）　定価858円（税込）

【悲報】お嬢様系底辺ダンジョン配信者、配信切り忘れに気づかず同業者をボコってしまうけど相手が若手最強の迷惑系配信者だったらしくアホ程バズって伝説になってますわ!?

著／赤城大空《あかぎひろたか》　イラスト／福《ふく》きつね

「お股を痛めて生んでくれたお母様に申し訳ないと思わねぇんですの!?」迷惑系配信者をボコったことで、チンピラお嬢様として大バズり!?　おハーブすぎるダンジョン無双バズ、開幕ですわ！

ISBN978-4-09-453157-2（ガあ11-32）　定価792円（税込）

楽園殺し4 夜と星の林檎

著／呂暇郁夫《ろかいくお》

イラスト／ろるあ

惨劇に終わってしまった周年式典。ロロ・リングボルド率いる第一指揮が大規模掃討戦に乗り出すその裏で、シーリオたち第七指揮もまた、奪われたものを取り戻すべく独自に動き出す。

ISBN978-4-09-453154-1（ガろ1-5）　定価1,001円（税込）

GAGAGA
ガガガ文庫

塩対応の佐藤さんが俺にだけ甘い8

猿渡かざみ

発行　2023年10月23日　初版第1刷発行

発行人　鳥光 裕

編集人　星野博規

編集　清瀬貴央

発行所　株式会社小学館
〒101-8001 東京都千代田区一ツ橋2-3-1
[編集]03-3230-9343　[販売]03-5281-3556

カバー印刷　株式会社美松堂

印刷・製本　図書印刷株式会社

Printed in Japan　ISBN978-4-09-453152-7

第19回小学館ライトノベル大賞
応募要項!!!!!!!!!!!!!!!!!!!!!!!!!!!!!!!

ゲスト審査員は田口智久氏!!!!!!!!!!!!

（アニメーション監督、脚本家。映画『夏へのトンネル、さよならの出口』監督）

大賞：200万円＆デビュー確約

ガガガ賞：100万円＆デビュー確約

優秀賞：50万円＆デビュー確約

審査員特別賞：50万円＆デビュー確約

スーパーヒーローコミックス原作賞：30万円＆コミック化確約
（てれびくん編集部主催）

第一次審査通過者全員に、評価シート＆寸評をお送りします

内容 ビジュアルが付くことを意識した、エンターテインメント小説であること。ファンタジー、ミステリー、恋愛、ＳＦなどジャンルは不問。商業的に未発表作品であること。
（同人誌や営利目的でない個人のWEB上での作品掲載は可。その場合は同人誌名またはサイト名を明記のこと）

選考 ガガガ文庫編集部＋ゲスト審査員 田口智久
（スーパーヒーローコミックス原作賞はてれびくん編集部による選考）

資格 プロ・アマ・年齢不問

原稿枚数 ワープロ原稿の規定書式【１枚に42字×34行、縦書き】で、70～150枚。

締め切り 2024年9月末日 ※日付変更までにアップロード完了。

発表 2025年3月刊『ガ報』、及びガガガ文庫公式WEBサイト GAGAGA WIREにて

応募方法 ガガガ文庫公式WEBサイト GAGAGA WIREの小学館ライトノベル大賞ページから専用の作品投稿フォームにアクセス、必要情報を入力の上、ご応募ください。

※データ形式は、テキスト（txt）、ワード（doc、docx）のみとなります。
※同一回の応募において、改稿版を含め同じ作品は一度しか投稿できません。よく推敲の上、アップロードください。
※締切り直前はサーバーが混み合う可能性があります。余裕をもった投稿をお願いします。

注意 ○応募作品は返却致しません。○選考に関するお問い合わせには応じられません。○二重投稿作品はいっさい受け付けません。○受賞作品の出版権及び映像化、コミック化、ゲーム化などの二次使用権はすべて小学館に帰属します。別途、規定の印税をお支払いいたします。○応募された方の個人情報は、本大賞以外の目的に利用することはありません。